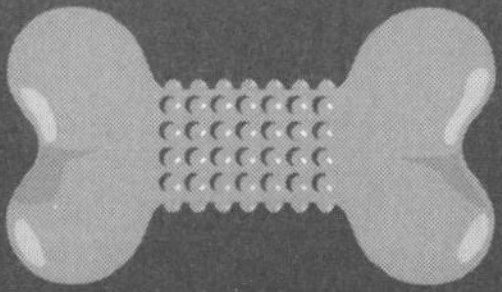

mitter | verlag

Bundesministerium für Unterricht, Kunst und Kultur

Band 10 / 2. Auflage: Mai 2011 | © Mitter Verlag, Wels | Gestaltung: scheiber-graphics, Wien | Lektorat & Satz: Judith Pouget, Linz | Druck: Druckerei Theiss, St. Stefan i. Lavanttal | ISBN 978-3-9502828-0-1

DER PLATZ DES HUNDES

Anna Weidenholzer

Erzählungen

mitter | verlag

INHALT

Zwischenzeit oder Der Platz des Hundes 7

Hinter den Augen 19

Löwenzahn 37

Kaffee mit Schnurrbart 49

Kavkas Butterbrote 61

Vergissmeinnicht 73

Sessel und Sätze 83

Piratenbild 95

ZWISCHENZEIT ODER DER PLATZ DES HUNDES

Eine Motte fliegt aus dem Küchenschrank, als Leopold ihn öffnet. Kommt ihm entgegen, lässt sich auf der Wand neben dem Küchenblock nieder. Motten, denkt Leopold und geht näher an das Tier heran. Sieht, wie es die Flügel hebt und dann wieder zurückfliegt in Richtung Küchenschrank, in Richtung Mehl. Leopold teilt das Mehl mit den Motten. Wenn er seine Palatschinken macht, wird er das Mehl in die Schüssel sieben, wo er es mit Eiern und Milch zu einem Teig verrührt. Der Hund wird neben ihm stehen und ihn ansehen. Wird seine schönste Sitz-Position einnehmen und seine Ohren aufstellen, auch das hängende. Leopold wird daraufhin mit seinem Zeigefinger in die Schüssel fahren und den Hund daran schlecken lassen. Der Hund wird seine Position nicht mehr verändern, bis Leopold die Palatschinken gebacken hat. Dann werden sie zum Esstisch gehen, der Hund bekommt den Teller auf den Boden, Leopold stellt seinen auf den Tisch.

Es ist noch nicht Essenszeit. Leopold geht zur Kiste neben der Eingangstür und holt sich ein Bier. Er gießt es in den Plastikbecher, ein Weltspartaggeschenk, die Sumsi-Biene lächelt ihm entgegen. Es ist kurz vor elf, kurz vor halb zwölf in der Standardzeit. Leopold lebt in der Zwischenzeit, wegen der Uhrenmafia. Einmal, zur Zeitumstellung vor zwei Jahren, kamen zwei Männer zu ihm, die Frau kam erst später. Irgendjemand hatte ihnen von Leopold und der Zwischenzeit erzählt. Die Frau kam, um Fragen zu stellen, ein Mann hielt den Ton, der andere die Bilder fest. Die Frau sagte, zur Zeitumstellung sei es immer schwer, Geschichten zu finden, weil die Zeitumstellung zweimal im Jahr sei, und das jedes Jahr wieder. Das stellt die Medien vor ein Problem, es gibt wenige Geschichten, die so unbeliebt sind wie jene zur Zeitumstellung, sagte sie. Leopold nickte. Die Frau stellte Fragen. Warum Leopold das mache. Was das für einen Sinn habe, fragte sie ihn, warum er das tue und wie sich das mit der Zeitrechnung der anderen Menschen vertrage. Leopold erzählte ihr von der Uhrenmafia, dass die halbjährliche Zeitumstellung nur ein Trick sei, damit die Uhren schneller kaputt gingen. Zeigte ihr seine Mappe mit Texten zur Zwischenzeit. Der größere Mann hielt die Kamera auf Leopold und der kleinere das Mikro, und ab und zu sagte einer der beiden, so, oder so nicht. Die Frau fragte Leopold, ob er arm sei. Sie fragte ihn, wie leben Sie, und Leopold sagte, wie man so lebt, ganz normal. Die Frau fragte, wovon leben Sie. Leopold nannte seine monatlichen Bezüge. Die Frau fragte, ob Leopold einsam sei. Leopold erzählte von dem Hund, erzählte von dem Gasthaus und den Menschen dort. Sagte ihr nicht, dass er die Menschen im Gasthaus sieht, aber nur äußerst selten mit ihnen spricht. Bot ihr

Bier an. Die Frau wollte kein Vormittagsbier trinken, auch nicht die Männer. Das dürfen wir nicht mehr, wir dürfen im Dienst nichts trinken, sagten sie. Die Frau saß auf der Bank, auf dem Platz des Hundes, und Leopold spielte ihr auf dem Klavier Auszüge aus der Totenmesse vor, die er für das Begräbnis seiner Großtante komponiert hatte. Dann gingen die Frau und die Männer wieder. Sie hatten auch das Palatschinkenangebot ausgeschlagen.

Leopold machte daraufhin für sich und den Hund Palatschinken, sie nahmen ihre gewohnten Plätze ein, und nach dem Mittagsbier setzte sich Leopold wieder ans Klavier. Er spielte die Lieder durch, die er am Sonntag im Altersheim spielen sollte; dass er im Altersheim Klavier spiele, dürfe sie nicht senden, hatte Leopold der Frau zuvor gesagt, das dürfe niemand Offizieller wissen, das könne mit der Sozialhilfe problematisch werden.

Es ist kurz vor elf, und Leopold sitzt an seinem Tisch, an der Wand gegenüber das Kreuz. Er könnte ein Gegrüßet-seist-du-Maria beten, oder wieder einmal ein Vaterunser. Er könnte sich ans Klavier setzen, er könnte die Wohnung kehren. Er könnte die Uhr auf Standardzeit stellen, dann könnte er schon früher in die Küche gehen und Palatschinken backen. Danach würde er die Uhr wieder auf Zwischenzeit stellen. Er hätte länger Zeit, sein Mittagsbier zu trinken. Er würde eine halbe Stunde an Zeit gewinnen.

Manchmal, wenn Leopold Zeit bleibt, steckt er das Video in den Videorekorder. Als er es zum ersten Mal gesehen hatte, war er erschrocken. Er war erschrocken über das Bild, das seine Augen müde aussehen ließ und die zusammengeschnittenen Worte, die so anderes waren als die aus seinem Mund. Trotzdem war Leopold stolz. Er war stolz auf die Aufmerksamkeit, die die Zwischenzeit auf diese Weise erlangte und auf das wohlwollende Kopfnicken, mit dem man ihm im Gasthaus begegnete. Die Zwischenzeit hatte Leopold zu einer berühmten Persönlichkeit gemacht, wenn auch nur für einen Tag. Mittlerweile ist der Fernsehbericht längst wieder vergessen, aber Leopold bewahrt ihn immer noch neben dem Fernseher auf. Wenn Gäste kommen, steckt er die Kassette in den Videorekorder und schaltet den Fernseher ein. Das kann man gar nicht oft genug gesehen haben, sagt er, wenn die Gäste Nachbarn sind, denen das Bier ausgegangen ist, denn immerhin sind das die einzigen Gäste, die regelmäßig kommen.

Während Leopold überlegt, was er mit der verbleibenden Zeit machen könnte, wird es kurz vor Mittag. Na also, sagt er und steht auf. Er geht in die Küche, greift nach Mehl, Milch und Eiern. Er weckt die Motten und siebt das Mehl in die Schüssel, vermengt es mit Eiern und Milch. Er schaut auf den Boden. Neben ihm sitzt kein Hund mehr, der an seiner Schnauze und danach an Leopolds Finger schleckt. Kein Hund, der die schönste Sitz-Position einnimmt und Leopold mit braunen Augen fixiert. Leopold schleckt seinen Finger selbst ab. Er kocht die gewohnte Menge für sich und den Hund, den Rest lässt er für die Motten stehen.

Leopold schenkt sich Bier in den Plastikbecher, das Mittagsbier, er setzt sich. Leopold sitzt eine Weile auf dem Platz des Hundes, dann steht er auf, nimmt die Leine von der Türschnalle und geht hinaus, nicht in das gewohnte Gasthaus, sondern eines vier Straßen weiter. Er trinkt sein Nachmittagsbier, wippt mit dem Fuß auf und ab. Musik läuft im Hintergrund. Leopold pfeift leise mit, das Lied kennt er aus seiner Jugend. Er hat schon lange kein Lied aus dem Radio mehr gehört, in seiner Garconniere steht nur ein Fernseher, und in seinem üblichen Gasthaus wird keine Musik gespielt. Das Lied, das hatte ich ganz vergessen, ich habe zu diesem Lied getanzt und nicht nur ich, denkt Leopold, während er mit dem Fuß wippt. Er sieht sich im Gasthaus um. Es wird Sommer, deshalb die Blumen, denkt er und schaut unter den Tisch, um nach dem Hund zu sehen. Suchen Sie etwas, fragt die Kellnerin, als Leopold den Kopf wieder hebt. Haben Sie etwas verloren? Leopold verneint, die Kellnerin geht. Er beschließt, an diesem Tag noch ein zweites Nachmittagsbier zu trinken. Er beschließt, immer wieder unter den Tisch zu schauen und hofft, noch einmal gefragt zu werden.

Dann wird er nach Hause kommen, die Leine des Hundes an die Türschnalle hängen. Er wird den Küchenschrank öffnen, das Mehl mit den Motten holen und es auf den Platz des Hundes stellen. Dann wird er zur Bierkiste gehen, das Abendbier herausnehmen und in den Plastikbecher gießen. Er wird sich zu den Motten setzen und ihnen von seiner Begegnung erzählen.

Leopold wird zuerst leise sprechen und dann, von Zeit zu Zeit, seine Stimme lauter werden lassen. Er wird sich vorher noch versichert haben, dass die Motten aufmerksam sind, ehe er beginnt, zu erzählen.

– Und wir tanzten bis in ihr Dienstende hinein. Tanja hieß sie, und sie sagte, Leopold, bis achtzehn Uhr tanzen wir, dann gehe ich nach Hause. Tanja hatte ihr braunes Haar zu einem Zopf gebunden. Mädchen, schüttel dein Haar, lass dein Haar zu mir, hätte ich sagen können, hätte ihr erzählen können, wie der Hund die Haare schüttelte, wenn er aus dem Regen kam. Ich sagte es nicht. Ich dachte es nur. Dachte an den Dienstschluss, dachte an Maria; daran, wie wir getanzt hatten, als Musik noch auf Platten gepresst war, und das Heu noch auf Schobern getrocknet wurde.

Eine Motte wird ihre Flügel heben, während Leopold spricht. Wird sich bereit machen und dann vom Rand der Mehlpackung zur Wand fliegen. Dort wird sie sich niederlassen, bewegungslos bleiben. Leopold wird zu seinem Bier greifen und einen langsamen Schluck nehmen. Er wird rülpsen und sich bei den Motten dafür entschuldigen, ehe er weitererzählt.

– Und Tanja, Tanja sagte, wo lebst du, Leopold, und ich sagte, in der Zwischenzeit, und wir lachten und tanzten und bemerkten nicht, wie uns die Zeit verging. Ich hätte Tanja fragen können, ob sie heute nicht länger bleiben möchte, ob sie mit in meine Wohnung kommen möchte. Tanja, ich möchte dir Palatschinken backen, hätte ich gesagt. Liebe geht durch den Magen, hätte ich gedacht und es wahrscheinlich auch ausgesprochen. Tanja hätte gelacht. Ich hätte die Palatschinken hauchdünn gemacht und so, dass sie am Rand ein bisschen knusprig sind.

Die Kinder der Motten werden während Leopolds Erzählung ihre Spuren im Mehl ziehen, von Leopold unbemerkt. Er wird nur Augen für ihre Eltern haben, die von der Mehlpackung zur Wand fliegen und wieder zurück.

– Tanja, willst du deine Palatschinken mit Erdbeer- oder Marillenmarmelade, hätte ich sie gefragt und ihr erzählt, dass die Erdbeermarmelade von Händen gemacht wurde, die es heute nicht mehr gibt. Von kleinen, zarten Frauenhänden, die Erdbeeren zu Marmelade machen und Torten mit Marmelade backen konnten. Aber Tanja, Tanja weiß nichts von Händen und Erdbeermarmeladen, wir tanzten nur und ließen die Zeit vergehen, und ich sagte: Tanja.

Leopold wird an dieser Stelle einen großen Schluck Bier nehmen. Einen großen und schnellen Schluck, sodass das Bier im Becher überschwappt.

– Tanja, sagte ich, ich möchte dein Gesicht küssen, aber dann wird es schmutzig. Tanja, stört es dich, wenn ich dein Gesicht schmutzig mache? Wenn ich dich beschmutze? Tanja, wieso bist du so still, fragte ich sie, und ich wartete auf eine Antwort. Tanja hatte braune Haare, und ihre Augen, sie taten es den Haaren nach.

Leopold ist noch nicht nach Hause gekommen, er hat noch nicht mit den Motten gesprochen. Er hat bereits einige Male unter den Tisch geblickt, die Kellnerin ist an ihm vorübergegangen, zu den anderen Menschen, die vorwiegend Männer sind und vorwiegend alleine an ihren Tischen sitzen. Das zweite Nachmittagsbier ist fast ausgetrunken; Leopold hält sich die Faust vor den Mund und versucht, ein Rülpsen zu unterdrücken. Er spielt mit der Tischdekoration, die vor ihm steht, es ist ein Plastikblumengesteck. Leopold nimmt die Blumen heraus und taucht seinen Finger in den Steckschwamm. Er zupft an den Blumen, die sich nicht zerreißen lassen. Tulpen und eine andere Blumenart, deren Namen Leopold nicht kennt, und die er noch nie zuvor gesehen hat. Vielleicht wachsen die bei uns nicht, vielleicht ist es denen hier zu kalt, denkt er, während er Tulpen und die unbekannte Blumenart wieder im Steckschwamm ordnet. Leopold hat einige Steckschwammbrösel hinterlassen, die er schnell vom Tisch wischt, ehe die Kellnerin es bemerkt.

Leopold erinnert sich an Maria, an Maria, die sagte, das tut man nicht, wenn er mit dem Besen Schmutz unter den Teppich kehrte. Maria sagte auch, das tut man nicht, wenn Leopold seinen Finger in die Nase steckte, den Hund mit ins Bett nahm oder ihr ohne zu fragen an die Brüste griff. Maria stellte Regeln auf. An einige hält Leopold sich heute noch. Dinge, die er mittlerweile nicht mehr einhält, sind: bei Toilettengängen die Tür zur Toilette schließen, Palatschinken in wenig Butter backen, Küchenschränke von links nach rechts auswischen und

Gasthäuser nur an Sonntagen besuchen. Leopold meint, das sei sein gutes Recht, aber ein schlechtes Gewissen bleibt trotzdem. Leopold betet dafür jetzt mehr.

Leopold hat bereits seit einiger Zeit aufgehört, mit dem Fuß zur Musik zu wippen, als er beschließt, nach Hause zu gehen. Er sieht die Kellnerin lachen und wundert sich über ihre Zahnspange. Er erschrickt über die Zahnspange, hätte er die Kellnerin doch für älter geschätzt. Aber tragen heute nicht auch ältere Frauen Zahnspangen, denkt Leopold, das machen die heute doch schon so. Er klopft zweimal auf seinen Oberschenkel, um dem Hund das Zeichen zum Aufbruch zu geben. Er fährt mit der Zunge über seine Zähne und fühlt den vorstehenden rechten Schneidezahn. Vielleicht sollte ich etwas mit meinen Zähnen machen, denkt Leopold, als er der Kellnerin Geld in die Hand drückt und danach das neue Gasthaus hinter sich lässt. Es ist spät geworden, nach Leopolds zwei Nachmittagsbieren. Normalerweise, an gängigen Tagen, kommt er früher nach Hause und hat dann noch Zeit. Heute bleibt Leopold wenig Zeit.

Leopold schaut noch eine Weile gegen die Wand, bis es dunkel wird und es Zeit ist, ins Bett zu gehen. Er geht zur Toilette; danach, als er heraus in die Küche kommt, nimmt er das Mehl mit den Motten mit. Das kleine

Fenster der Garconniere ist links neben Leopolds Bett. Das Bett steht an der rechten Zimmerseite, an der linken wäre kein Platz dafür. Dort steht das Klavier, daneben die Sitzbank und der Tisch, auch ein kleiner Hocker. Die Glühbirne von Leopolds Nachttischlampe ist durchgebrannt, er benutzt seit geraumer Zeit eine Taschenlampe, deren Licht beweglicher ist als das einer Nachttischlampe. Leopold hat sich zur Gewohnheit gemacht, das Zimmer abzuleuchten, jede Stelle mit dem Taschenlampenschein zu berühren, ehe er die Nacht dunkel sein lässt. Das Licht streift Wände entlang, Wände, Möbel, den Boden, zuletzt berührt es Leopold. Danach erst schaltet Leopold die Lampe aus. Es gibt nichts Neues unter der Sonne, sagt er, als er sich im Bett die Wolldecke bis über die Nase zieht. Er blickt hinüber zum Platz des Hundes, mit Augen, die sich langsam an die Dunkelheit gewöhnen. Er sieht das Mehl. Was er nicht sieht, sind die Kinder der Motten und die Motteneltern, ihre feinen Härchen an den Unterflügeln. Leopold sieht die Wand hinter dem Platz des Hundes. Er sieht die Gottesmutter und das Jesuskind und sagt, jetzt ist es aber wirklich Zeit, zu schlafen.

HINTER DEN AUGEN

Wenn der Körper außer Kontrolle gerät, passt kein Schritt vor den anderen, die Füße werfen sich dem Boden entgegen und machen es doch nicht richtig. Es ist ein kleiner blauer Zettel, auf dem der Satz steht, handgeschrieben, er hängt neben einem großen weißen Zettel an der Kühlschranktür. Auf dem großen weißen Zettel stehen mehr als nur zwei Sätze. Der Kühlschrank macht Geräusche alle paar Minuten, er klingt wie ein Tier, das unzufrieden ist, vielleicht auch ein Mensch. Wenn der Körper außer Kontrolle gerät, passt kein Schritt vor den anderen, die Füße werfen sich dem Boden entgegen und machen es doch nicht richtig, steht auf dem einen blauen Zettel, Schafkäse, Zitronen, Brot, auf dem zweiten, er ist mit demselben Magneten an der Kühlschranktür fixiert. Der Kühlschrank steht in Siris Wohnung, er gehört ihr nicht, er gehört zur Wohnung, irgendjemand muss ihn einmal dortgelassen haben. Der Kühlschrank ist nicht alt, hat der Vermieter gesagt, als er Siri die Wohnung gezeigt hat. Der Kühlschrank ist älter geworden in der Zeit, in der Siri in der Wohnung lebt.

Siri kämpft sich durch den Supermarkt, den Einkaufszettel in der Hand. Wenn der Körper außer Kontrolle gerät, passt kein Schritt vor den anderen, denkt Siri und hält sich am Einkaufswagen fest. Ein Mann steht in der Fleischabteilung, dicht bei den gefrorenen

Hühnern. Er lächelt, Brokkoli in Händen. Merkt der, dass ich nicht mehr gehen kann, dass meine Schritte nicht zueinanderpassen, dass ich mich wie ein Boot verhalte, denkt Siri und geht langsam am Brokkolimann vorüber, ohne ihn anzusehen. Siri überlegt, warum der Brokkolimann gelächelt hat, ob es wegen ihr war, was er mit dem Brokkoli machen wird, mit Käse überbacken, zerkochen, im Kühlschrank alt werden lassen. Siri vergisst die Schwierigkeit des Gehens. Nachher wird sie sich erinnern an den Moment des Nicht-mehr-gehen-Könnens. Irgendwie ist es dann doch wieder gegangen, wird Siri denken, wenn sie zu Hause sitzt, die Schuhe auszieht und den Schafkäse neben den Kühlschrank legt.

Siri hat noch keinen Schafkäse gekauft. Ein Mann mit blauem Pullover und eine Frau mit schwarzer Jacke stehen vor dem Käseregal. Stinkender Käse, nicht stinkender Käse, weicher Käse und harter Käse reihen sich Packung an Packung. Siri stoppt neben dem Mann und der Frau. Es gibt sechs verschiedene Sorten Schafkäse zur Auswahl. Siri muss Preis, Gewicht, Inhaltsstoffe, Herkunftsländer und Ablaufdaten vergleichen, erst dann wird sie eine Entscheidung treffen können. Der Mann und die Frau werfen einander Sätze entgegen, kämpfen für ihren Lieblingskäse und werden dabei auch ein wenig emotional. Da haben wir wohl einen Interessenkonflikt, sagt der Mann, als er den Camembert zurück ins Regal legt und dem Bergkäse im Einkaufswagen Platz macht.

Siri würde gerne hinter die Augen der Menschen blicken. Würde sie sachte herausnehmen und dann wieder zurückgeben, wenn sie in das Innere der Menschen gesehen hat. Die Menschen geben ihre Augen nicht her. Auch nicht Siris Liebe Simon. Versteckt sich irgendwo hinter diesem Grünblau, das größer wird, wenn Siri lange Zeit hineinschaut. Kein Durchkommen, da kann Siri Simons Augen noch so oft ansehen. Herausbekommen wird sie das Dahinter nicht.

Siri verlässt den Supermarkt mit zwei Packungen Schafkäse, sieben Zitronen und einem Laib Brot. Sie nimmt sich vor, den Einkauf zu Hause gleich aus der Tasche zu nehmen, tut es dann aber doch nicht. Siri macht Pause, sitzt auf der Couch und liest die Post. Simon ruft an.

– Kommst du heute noch zu mir, fragt Siri.

– Soll ich, fragt Simon.

– Sollst du, sagt Siri und steht auf, um sich ein Glas Wasser zu holen.

– Hmm, sagt Simon, und dann: Ich ruf dich später an.

Siri und Simon führen dieses Telefongespräch jeden Tag, immer die Möglichkeiten offenlassend. Siri und Simon sind seit eineinhalb Jahren Siri mit Simon und Simon mit Siri. Siri kennt Simon von einer Parkbank. Simon war damals noch Simon mit Lisa. Bald darauf war er Simon mit Lisa und heimlich auch Siri, dann nur noch mit Siri. Siri war Siri mit Simon, aber eine Zeit lang war da auch noch Georg. Simon weiß das bis heute nicht.

Siri liebt Simons Art des Gehens, die Art, den Kopf schief zu neigen, wenn er sie erblickt. Siri hat auch Simons Art geliebt, ihr über die Wange zu streichen, wenn sie irgendwo nebeneinander lagen. Das Über-die-Köpfe-Streichen ist ihnen abhanden gekommen, wie Simon die Haare abhanden gekommen sind, die er vor einem halben Jahr noch länger getragen hat. Siri hat ein Büschel aufgefangen, als Klaus sie ihm geschnitten hat. Hat es aufgefangen und in ihre Hosentasche gesteckt, um es danach in ihre Schachtel mit den Haaren zu legen.

Siri sammelt Haare. Ihr erstes Exemplar waren die Haare ihrer verstorbenen Großmutter, die diese in ihrer Bürste gelassen hatte, als sie ging. Zehn Jahre sind seither vergangen. Siri hat vierunddreißig Haarexemplare in ihrer Schachtel, ein Großteil von lebenden Menschen, bei einigen weiß sie es nicht. Siri fixiert die Haare mit Tixostreifen. Als sie Simons Haare zusammenklebte, dachte sie an Simons möglichen Tod, dass es hilfreich sein könnte, wenn Simons Leiche einmal gefunden würde und dermaßen entstellt wäre, etwa nach einem Brand oder einem besonders grausamen Mord, dass jemand zu ihr kommen und sagen würde: Frau Hofstätter, wir bedauern, aber ihr Mann könnte der Tote sein. Siri, die zu diesem Zeitpunkt bereits mit Simon verheiratet gewesen wäre, deshalb der Name Hofstätter, würde ganz stark zu weinen beginnen und die Schachtel mit den Haaren hervorholen. Aus den inzwischen dreiundsiebzig Haarbüscheln würde sie Simons Haare herausnehmen und der Polizistin für einen DNA-Test geben, nicht aber, ohne die Hälfte davon bei sich zu behalten. Trau keinem Polizisten und auch keiner Polizistin, würde sich Siri an den Spruch ihrer Jugend erinnern und die Möglichkeit in Erwägung ziehen, dass die Polizei Haare nach DNA-Tests nicht mehr zurückgibt. Sie würde der Polizistin also einen Teil des Haarbüschels überreichen und danach an ihrem Ehering drehen, während die Polizistin über die weitere Vorgehensweise sprechen würde. Das Drehen des Eherings würde schmerzen, weil Siris Finger in den Jahren der Ehe dicker geworden wären und der Ring nicht größer.

Siri weinte eine Stunde, als sie Simons Haare mit Tixo zusammenklebte und mit seinem Namen und Geburtsdatum beschriftete. Ein kleiner Platz bleibt immer für das Sterbedatum frei, bei unbekannten Personen auch der Platz des Namens und des Geburtsorts. Wenn Siri sich erinnern kann, füllt sie den freien Platz mit Fundort und Funddatum, was aber selten der Fall ist. Von unbekannten Personen sammelt Siri nur besonders bemerkenswerte Haare. Siri weinte, als sie Simons Haare in der Schachtel neben den anderen Exemplaren liegen sah, und umarmte sich dazu selbst. Sie saß auf ihrem Bett und spürte die Zeit vergehen. Weinte um Simon, weinte um sich selbst, wenn sie gestorben sein würde, um Simon ohne sie, um das Leben, das ohne sie weitergehen würde. Dann nahm Siri einen Zettel, holte einen Stift und schrieb: Vielleicht werde ich Opfer eines Verkehrsunfalls, eines Bombenanschlags, eines Krebses, Ohrenkrebs, Gebärmutterhalskrebs, Bauchspeicheldrüsenkrebs, eines tödlichen Sturzes auf Glatteis. Vielleicht auch Herzinfarkt, Hirnschlag, Feuer, habe ich an Feuer schon jemals gedacht? Ein Bootsunglück, ein Flugzeugabsturz, innerhalb des Flugzeugs, außerhalb des Flugzeugs. Vielleicht bringt mich ein Hund zu Tode oder ein Pferd. Oder eine Katze, ein Hauseinsturz, ein Erdbeben. Ein Krieg, ein Mörder, eine Mörderin, die mich mit der Geliebten ihres Mannes verwechselt. Vielleicht fällt mir der Fön in die Badewanne, falls ich jemals eine Badewanne haben sollte. Vielleicht esse ich giftige Pilze, verwechsle Bärlauch mit Maiglöckchen, bekomme im Supermarkt Maiglöckchen als Bärlauch verkauft. Vielleicht wird es eine Massenpanik bei einem Konzert sein, eine Massenpanik in der U-Bahn, vielleicht eine Masseneuphorie. Es könnte eine rechtsradikale Demonstration sein, in die ich versehentlich gerate, ein in Panik geratener Einbrecher. Ein Neonazi. Ein Fahrradunfall. Ein Mann, der meine Zehe möchte, um sie in Formaldehyd eingelegt in sein Wohnzimmer zu stellen. Ein Tsunami, ein Ereignis wie ein Tsunami, für das ich noch kein Wort kenne. Eine mysteriöse, unheilbare Krankheit, eine allseits bekannte, heilbare Krankheit. Ein Steinschlag, eine Lawine, Staub, der mich erstickt. Ein Raubüberfall, bei dem ich erschossen werde. Ein Plastiksack, der mir über den Kopf gezogen wird. Eine Lungenentzündung, bitte keine Lungenentzündung, ich möchte nichts mit der Lunge. Ein Baum, der auf mich fällt. AIDS, Parkinson. Die Milz. Ein Krokodil. Eine Amsel. Wasser, Birkenpollen. Ein ungesichertes Geländer. Der freie Fall. Ein Christbaum. Ein Kirchenkreuz, das auf mich fällt. Eine Dachlawine, ein Ziegel, der sich von einem Dach löst. Ein Schwarm Wespen oder Bienen. Ein Auto, das in mein Haus fährt, während ich fernsehe. Mein Auto, das rückwärts rollt, mich überrollt, während ich zum Gartentor gehe, um nachzusehen, ob es versperrt ist. Vielleicht werde ich von einem Grabstein erschlagen, ersticke an einer Leber, einer Schweinsstelze, einem Kaugummi. Vielleicht ist es Schnee, der mich erstickt. Simon.

Nachdem Siri die Liste der möglichen Todesarten geschrieben hatte, fühlte sie sich erleichtert. Für einen kurzen Augenblick schienen ihr die Möglichkeiten überschaubar. Dann wurde ihr bewusst, wie gefährlich das Leben ist. Siri hat die Liste auf ihren Kühlschrank geklebt und versucht seither, alle möglichen Todesarten zu vermeiden. Sie fährt nicht mehr Rad, weil sie keinen Helm besitzt und macht auch sonst nichts, wozu sie einen Helm brauchen würde. Siri ergänzt die Liste laufend und hofft, irgendjemand wird einmal betroffen sein, wenn er oder sie nach Siris Tod die Liste findet und feststellt, Siri hat gewusst, was passieren wird.

Heute ergänzt Siri die Liste um die Gefahr des Topflappens am Herd. Ein Topflappen, den ich auf der Herdplatte liegen lasse und der, weil die Herdplatte noch an ist, Feuer fängt, während ich schlafe, schreibt Siri auf den Zettel am Kühlschrank. Danach öffnet sie den Kühlschrank, um die zwei Packungen Schafkäse hineinzugeben, die sich mittlerweile warm anfühlen. Die Zitronen und den Laib Brot legt Siri neben den Kühlschrank. Siri überlegt, was sie mit dem Rest ihres freien Tages anfangen könnte. An Montagen, Dienstagen, Donnerstagen und Freitagen arbeitet Siri als Kellnerin in einem Gasthaus. Es gibt dort einsame ältere Männer, die nachmittags ihre Biere trinken und sich dazu Bierwärmer wünschen. Als Siri den Gasthausbesitzer fragte, ob es nicht besser wäre, das Bier warm zu zapfen, sagte er nein. Nein, das ginge nicht, wo kämen die Männer denn hin, wenn sie nicht mehr nach ihren Bierwärmern fragen könnten. Siri hat das verstanden und lässt sich weiter nach Bierwärmern fragen, obwohl sie schon vorher weiß, wer einen Bierwärmer verlangen wird. Warum sie den Bierwärmer nicht gleich mit dem Bier bringe, sie müsse dann nicht zweimal gehen, hatte Simon einmal gesagt. Siri schüttelte den Kopf, so einfach ginge das nicht. Man dürfe den einsamen älteren Männern ihre Fragen nicht nehmen. Daran hält Siri noch immer fest. Gestern ist ein neuer Mann ins Gasthaus gekommen, er hat nicht nach einem Bierwärmer gefragt. Er hat nur unter den Tisch geblickt, hat immer wieder die Tischdecke gehoben, als wolle er sich vergewissern, dass es unter dem Tisch tatsächlich so aussah, wie er vermutete.

Siri ärgert sich, als sie bemerkt, dass sie an ihrem freien Tag an die Arbeit denkt und beschließt, nicht mehr daran zu denken. Siri ärgert sich noch mehr, als sie bemerkt, dass sie umso mehr daran denkt, je mehr sie versucht, nicht daran zu denken. Siri ärgert sich, dass sie ihre Gedanken nicht beeinflussen kann und ruft Simon an.

– Und, weißt du schon, fragt Siri.

– Hmm, sagt Simon.

– Ja, sagt Siri.

– Hmm, ich glaube, ich komme heute nicht mehr, sagt Simon.

– Ich dachte, du kommst.

– Ich habe nie gesagt, dass ich komme.

– Aber du hast gefragt, ob du kommen sollst.

– Das heißt aber nicht, dass ich komme.

– Hmm, sagt Siri und ärgert sich noch mehr. Sie könnte Simon jetzt beschimpfen, entschließt sich aber, zu schweigen und ihn so lange nicht mehr anzurufen, bis es ihm leidtut, dass er sie nicht sehen wollte, bis er sie sehen möchte; dann wird sie ihn versetzen, wie er gerade sie versetzt. Siri beendet das Telefongespräch, ohne sich von Simon zu verabschieden. Soll er doch bleiben, wo er ist, denkt Siri, sagt Siri und beginnt, das schmutzige Geschirr in der Küche neben dem Herd zu stapeln. Siri möchte abwaschen, Siri nimmt dazu den Schwamm in die Hand und das Spülmittel aus dem Kasten. Als sie nach zwei Tellern bemerkt, dass abwaschen sie wütend macht, lässt sie es sein. Sie holt den

Whiskey hervor, den ihr ein einsamer älterer Mann zu Weihnachten geschenkt hat. Es war der Mann mit dem weißen Schnauzer, er kennt Namen und Daten aller in Österreich geschehenen Morde bis ins Jahr neunzehnhundertachtundvierzig zurück. Morde zwischen Liebenden oder ehemals Liebenden findet er uninteressant. Bei Ihrer zarten Figur, bei Ihrer Körperdichte würde ein Messer wie dieses reichen, Sie zu erstechen. Ein kleines Küchenmesser, nicht so eines zum Brote streichen, aber wenn es Paprika schneidet, sticht es auch ins Herz, hat er zu Siri an einem Nachmittag zwischen Bierwärmern und Gulasch gesagt, und Siri hat das Kompliment verstanden. Seither fischt sie ihm extra viele Fleischstücke ins Gulasch, und der Herr mit weißem Schnauzer dankt es ihr.

Siri öffnet den Whiskey. Sie gießt sich ein Glas ein und lässt die Flasche daneben stehen. Siri trinkt und überlegt und erinnert sich an den Traum, den sie in der Nacht zuvor gehabt hat. Ein Kind, ein männliches, steckte ihr seine Hand in den Mund. Das Gesicht des Kindes war voll mit schwarzem Schlamm. In der Nachbarwohnung rumpelt es. Siri wünscht sich, nicht nur Augen, sondern auch Wände herausnehmen zu können, um hinter sie zu blicken, und sie dann wieder zurückzustellen. Wände, Böden und Decken, es wäre auch gut, zu sehen, was der Mensch unter oder über einem gerade macht. Siri steht auf und geht mit dem Whiskeyglas in der Hand zum Fenster. Das Glas ist ein Wasserglas, Siri hat nur Wassergläser, sie ändern ihre Bezeichnung durch den Inhalt. Siri geht mit dem Whiskeyglas zum Fenster. Siri besitzt keinen Fernseher, dafür ein Nachbarhaus. Es hat fünf Stockwerke, und es gibt zehn verschiedene Programme. Es gibt das Mädchen im vierten Stock, das in seinem Zimmer Karaoke singt und vielleicht von einer großen Zukunft träumt. Siri hofft, dass dem Mädchen das erspart bleibt. Sie hofft, dass das Mädchen Meeresbiologin wird. Es gibt die Frau mit der Fönfrisur, die Siri im Sommer einmal unten ohne gesehen hat. Oben rum war eine Blümchenbluse. Die Frau hat einen Mann, er repariert öfter ein Rad auf dem Balkon. Wem das Rad gehört, weiß Siri nicht. Auch nicht, warum der Mann das Rad so oft repariert. Es gibt die ältere Frau einen Stock tiefer, deren Bettwäsche einmal zwei Wochen lang auf dem Balkon lag. Siri dachte, die Frau sei gestorben, Siri meinte, einen Blutfleck auf der Bettwäsche zu erkennen. Sie lieh sich Simons Fernglas und erkannte, dass der Blutfleck eine Rose war. Auf dem Balkon der älteren Frau steht ein Plastiksessel, darauf setzt sie sich, wenn sie Zeitschriften liest. Auf dem Nebenbalkon frühstückt an Sonntagen eine Frau mit ihrer Tochter. Der Balkon trägt Fackeln und Blumenkisten, in denen eine weiße und eine schwarze schwere Katze liegen, ebenfalls an Sonntagen, wenn es nicht regnet und die Tür zum Balkon geöffnet ist.

Siri hat keine Vorhänge und auch sonst nichts, was den Blick in ihre Wohnung verdecken könnte. Siri denkt, wenn die anderen hereinsehen, sehe ich auch in ihre Wohnung, und ist beruhigt von dem Gedanken. Siri fragt sich, wie viele ihrer Nachbarn sie täglich beobachten, wer gerade sieht, dass sie ihr zweites Glas Whiskey schon fast ausgetrunken hat. Siri beschließt, mit Simon zu trinken, ihn heute unter den Tisch zu trinken. Sie gießt sich das dritte, Simon das erste Glas ein. Ihre linke Hand übernimmt Simons Part. Jetzt musst du schnell sein, dass du mich noch einholst, sagt Siri zu Simon und prostet ihm zu. Ich weiß, dass du mehr aushältst als ich, lässt Siri Simon mit ihrer Stimme sagen und trinkt einen Simonschluck.

Siri wollte als Kind Lastwagenfahrerin werden. Wäre sie heute Lastwagenfahrerin und morgen im Dienst, könnte sie heute nicht so viel trinken, weiß Siri, und trinkt noch einen Schluck. Auch ihre linke Simonhand führt ihr das Glas zum Mund, um einen Schluck zu trinken und dann noch einen zweiten, um Siris Vorsprung einzuholen. Siri wollte Lastwagenfahrerin werden und spielte stundenlang mit kleinen Lastwagen, die sie durch die elterliche Wohnung schob. Siri wollte keine Barbiepuppen und keine Puppen, denen das oben hineingegossene Wasser unten wieder hinauslaufen konnte. Siri spielte mit Benjamin, dem ein Jahr älteren Benjamin aus der Wohnung über ihr. Bis Benjamin sagte, Mädchen spielen nicht mit Autos, Mädchen können nicht mit Autos spielen, du spielst wie ein Mädchen, und fortan mit Robert spielte, dem zwei Jahre älteren Robert, der plötzlich in der Wohnung unter Siri wohnte. Siri zog ihren Fuhrpark allein durch die Wohnung. Bis Siris Mutter ihr den Spitzenkragen um das Kleid band und sagte: Siri, ab heute lässt du das mit den Autos, du kommst jetzt in die Schule, mach uns dort keine Schande.

Der Fuhrpark war verschwunden, als Siri von ihrem ersten Schultag nach Hause kam, statt dessen lag eine Barbie in Siris Zimmer. Blonde lange Haare hatte die, und einen hellbraunen Plastikkörper. Alles an ihr war hart, bis auf die Füße, die waren weiche Plastikklumpen, das spürte Siri, als sie in Barbies Füße biss. Siri schnitt ihrer Barbie die Haare ab, schnitt sie alle ab, riss Barbie ein Bein aus und zerstach ihr mit einem Stift aus dem ersten Federpennal ihres Lebens die Augen. Als Siris Vater das merkte, schrie er, er schrie Siri an und Siris Mutter. Siri weinte und Siris Mutter weinte und Siri schnitt fortan keiner Barbie mehr die Haare ab. Sie spielte mit den anderen Mädchen und schenkte Mädchen, die in großen Häusern wohnten, ihre liebsten Barbies, wenn diese sie wollten.

Siri trinkt noch einen Schluck für sich und zwei für Simon. Weißt du noch, sagt Siri, das mit Lisa, das war nicht gut. Mit mir machst du das nicht, oder, fragt Siri und weiß, dass nur ihre Stimme antworten kann. Siri überlegt, wie das mit Lisa damals war, und mit ihr und Simon, und beschließt, dass es Lisa gegenüber doch gerechtfertigt war, weil Lisa eine unangenehme Frau mit vielen Sätzen und wenig Ahnung ist. Trotzdem, Lisa liebte Simon und Simon liebte Lisa, bis er aufhörte, Lisa zu lieben und nur noch Siri liebte. Davon wusste Lisa lange nichts. Und wäre Lisa keine unangenehme Frau, würde es mir leidtun, denkt Siri. Lisa entdeckte Simon mit Siri niemals, hätte nichts gemerkt, hätte Tina nicht Simon und Siri gesehen. Tina schwieg eine Zeit lang, entdeckte Simon mit Siri nochmals und beschloss, es Lisa zu sagen. Lisa schrie, wahrscheinlich weinte sie auch, aber das sah Siri nie. Lisa schrie, und sie schrie mit Simon, und sie schmiss Simon aus der Wohnung, und dann schrie sie auch mit Siri, die sie im Gasthaus der einsamen älteren Männer aufsuchte. Die Männer blickten von ihren Bieren auf, manche schauten dann schnell wieder ins Glas zurück. Siri schaute in Lisas Augen und sah einen sehr bösen Blick. Siri sagte nicht, dass es ihr leidtue. Siri hätte gesagt, dass es ihr leidtue, wenn sie einen traurigen Blick gesehen hätte. Siri sagte nur, du kannst einen Menschen nicht festhalten, und dann wurde Lisa richtig wütend. Lisa schlug Siri ins Gesicht, und ein älterer einsamer Mann stand auf und sagte: So geht das nicht. Lisa ging, und die Männer blickten wieder vor sich hin.

Küssnacht, fahren wir nach Küssnacht, sagt Siri, als sie Simons Glas ganz und ihres halb ausgetrunken hat. Siri geht hinüber ins Schlafzimmer, beim Aufstehen wird ihr kurz schwindlig, aber Siri geht weiter und packt eine Hose, drei T-Shirts, einen Pullover, Unterwäsche, Zahnputzutensilien, Wimperntusche und die Pille in einen kleinen Koffer. Siri ist noch nie in Küssnacht gewesen, bloß einmal durchgefahren, aber sie findet den Namen schön. Siri weiß, dass es Abend ist und sie wahrscheinlich keinen Zug nach Küssnacht finden wird, aber sie möchte nicht warten. Siri möchte aufbrechen, möchte an einen Ort, der einen guten Namen trägt. Gehen wir, sagt sie zu Simon, dessen Antwort sie nicht abwartet. Wenn ich Simon bin, wird Simon mir nicht widersprechen, denkt Siri und öffnet die Wohnungstür.

Im Lift trifft Siri den Mann mit den gelben Zähnen aus der Wohnung über ihr. Sie hat ihn noch nie in Begleitung gesehen, er hat ein aknezernarbtes Gesicht und wirkt zerbrechlich. Verreisen Sie heute Abend noch, ich würde auch gern wieder verreisen, früher, da waren wir zehn, zwölf, fünfzehn Leute, da sind wir jeden Sommer verreist, aber jetzt. Ich bin vierundvierzig. Vielleicht habe ich irgendwann wieder ein Mädchen, das würde mich hinausbringen. Aber jetzt, jetzt bleibe ich da, sagt der Mann, er sagt es schnell. Siri sagt, wer weiß, vielleicht ändert sich das bald. Sie bereut im selben Moment, gesagt zu haben, dass sich die Tatsache ändern könne, dass der Mann mit den gelben Zähnen keine Frau hat, könnte er doch meinen, Siri würde seine Lebenssituation ändern und mit ihm auf Reisen gehen. Siri verabschiedet sich schnell, als sie das Erdgeschoß erreichen. Es ist spät, die Nacht schon dunkel, aber noch warm. Siri mag es, wenn sich die Helligkeit des Tages verkrochen hat und auf den nächsten Tagesanbruch wartet. Sie entfernt sich von ihrer Wohnsiedlung, geht Richtung Bahnhof. Siri sieht Blumen, die in städtischen Beeten nach Mustern geordnet sind, und sie bekommt Lust auf Eis. Siri beschließt, beim Eissalon vorbeizugehen, ein kleiner Umweg, aber sie hat Zeit.

Siri mag Zitroneneis, ein bisschen auch Erdbeere. Simon mag Schokolade-, auch Haselnusseis, und beginnt über einem Becher voll Schokolade- und Haselnusseis gerade wieder, Lisa zu lieben. Siri sieht das nicht, Siri ist noch zweihundert Meter vom Eissalon entfernt.

Siri ist zehn Meter vom Eissalon entfernt, als sie Simon sieht, sie ist neun Meter vom Eissalon entfernt und erkennt Lisa. Siri zieht ihren Koffer hinter sich her, er rumpelt, weil ein Rad nicht mehr so recht will. Aus drei Metern Entfernung erkennt sie Simons Schokolade- und Haselnusseis-Becher und Lisas Heiße Liebe. Siri denkt, das Leben ist ein Klischee, das kann keine Heiße Liebe sein. Siri, sagt Simon, was machst du mit dem Koffer. Küssnacht, sagt Siri und schaut in Simons Augen. Das Grünblau beginnt, sich breitzumachen, bald wird kein Dahinterkommen mehr sein. Das Grünblau ist zu langsam heute. Siri schaut in Simons Augen und entdeckt ein Loch, durch das ein kleiner Strahl nach außen dringt. Es ist ein Lisastrahl, es ist ein Lisaliebesstrahl. Siri schreit, und Simon schweigt, und am Eissalon fährt ein Auto vorüber. Bei der Kreuzung blinkt das Auto rechts und biegt links ab. Danach ist es bald nicht mehr zu sehen.

LÖWENZAHN

Was es gibt, ist: ein Hausbrot, ein Vitalbrot, ein Krustenbrot, ein Sonnenblumenbrot, ein Karottenbrot, ein Apfelessigbrot. Was es nicht mehr gibt, ist das Vollkornbrot, das ist ausverkauft, aber das Vitalbrot ist nicht viel anders, das ist auch gesund. Sie werden aber kein Vitalbrot wollen, Sie schauen nicht so aus, als ob sie ein Vitalbrot möchten, was darf es denn sein, sagt die Bäckerin, ein Krustenbrot vielleicht, das hält sich lange, ich nehme immer das Krustenbrot, aber die Kunden wollen auch oft das Sonnenblumenbrot. Ein Hausbrot, sagt Toni. Ein Hausbrot wollen Sie, sagt die Bäckerin, das ist ein wenig heller als das Krustenbrot, und greift hinauf, um an das Hausbrot zu gelangen. Sie stellt sich dabei auf die Zehenspitzen. In meinem nächsten Leben wäre ich gerne ein Tintenfisch, sagt die Bäckerin, als sie das Hausbrot nimmt. Nicht das linke, das rechte bitte, sagt Toni. Wie Sie meinen, sagt die Bäckerin und wickelt das Brot in Papier. In meinem nächsten Leben wäre ich gerne ein Tintenfisch, das Gefühl in den Fingerspitzen wäre dann ein anderes. Wirklich, sagt Toni und bezahlt. Ja, ein Tintenfisch, sagt die Bäckerin, aber einer, der im Meer lebt, nicht im Aquarium. Auf Wiedersehen, sagt Toni, auf Wiedersehen, sagt die Bäckerin.

Toni geht hinüber zum Park, hin zur Wiese. Toni mag es nicht, wenn Menschen aus ihrem Leben erzählen, wenn er es eilig hat. Es ist Mittag, und Toni hat es eilig. Toni hat Hunger. Er steht, er schaut, die Wiese hinauf und hinunter, nichts, alles abgemäht. Kein Löwenzahn weit und breit, nur einige Gänseblümchen strecken sich am Wiesenrand in die Höhe. Toni zweifelt an der Essbarkeit von Gänseblümchen, auch wenn er als Kind nicht daran gezweifelt hat. Aber das war kein Salat, das war ein Spiel, denkt Toni und geht zu seiner Wohnung zurück. Toni isst keinen Häuptel-, keinen Eisberg-, keinen Endiviensalat, er isst nur Löwenzahnsalat. Er pflückt ihn im Park, er wäscht ihn mit kaltem Wasser, niemals mit warmem. Das kennt der Löwenzahn nicht, der Löwenzahn kennt nur den Regen, und der ist nicht warm, hat Tonis Mutter gesagt, und Toni hat Mutters Löwenzahnzubereitungsregel nicht hinterfragt, er hinterfragt sie auch heute nicht. Toni isst Fleisch und dazu Löwenzahnsalat, das macht er so im Frühling und im frühen Sommer. Heute liegt auf Tonis Teller nur das Fleisch, der Löwenzahn bleibt aus. Wird doch noch nicht Erdäpfelzeit sein, sagt Toni, als er sich an den leicht bitteren Geschmack des gestrigen Löwenzahns erinnert. Die Erdäpfelzeit beginnt, wenn die Löwenzahnzeit endet. Toni schneidet das Fleisch in Stücke.

Zuerst schneiden, dann essen, das hat sich Toni in New York von einem Mann abgeschaut, der einen Kopf kleiner war als Toni, dafür aber mehr Bart hatte. Mit Gabel und Messer schneiden, mit der Gabel essen, da bleibt mehr Bewegungsraum für die zweite Hand. Mit der gabelfreien Hand blättert Toni die Seiten der Zeitung um. Im Frühling sind die Blätter des Löwenzahns noch zart, je näher der Juli kommt, desto bitterer werden sie. Ab Ende Juni isst Toni Kartoffeln, die er von seiner Tante auf dem Land bekommt. Als Gegenleistung muss Toni Steine klauben, feldauf, feldab. Bei der Tante wird kein Whiskey getrunken, die Verwandten mit den Kartoffelfeldern trinken Schnaps. Zwetschken-, Birnen-, Marillenschnaps, meistens Birnen. Toni ist nicht gern auf dem Land. New York, New York, das ist meine Stadt, sagt Toni immer, wenn er mit Fahrgästen ins Gespräch kommt.

Toni fährt Taxi. Wenn er gefragt wird, wie lange seine Schicht dauern wird, sagt er, schon noch eine Weile. Manchmal bekommt Toni dann einen Euro mehr Trinkgeld, manchmal sagen die Fahrgäste, für New York, alles Gute, manche drücken dabei seine Hand. Vor dem Jahr zweitausendzwei bekam Toni statt Euro noch Schilling, die Fragen der Fahrgäste änderten sich mit der Währungsumstellung nicht und auch nicht Tonis Antworten. Toni fährt am liebsten in der Nacht, er mag die Leere der Straßen und die Trunkenheit der Menschen, sie gibt ihm ein Gefühl der Überlegenheit. Toni kann nüchtern schneller reagieren als betrunkene Menschen, und Betrunkene erzählen Dinge, die sie sonst nicht erzählen. Um die Erlebnisse der Nacht auszugleichen, trinkt Toni gelegentlich tagsüber. Meistens Whiskey, manchmal auch Bier, aber das nur im Gasthaus, und das nur frühabends. Toni sitzt dort seit Jahren am Tisch neben der Eingangstür, er hat Menschen kommen und gehen gesehen und Tag für Tag neue Zeitungen gelesen. Früher, als er noch weniger Zeit hatte, las Toni immer nur den Chronikteil, immer nur die Morde. Toni kennt sie alle, die Geschichten von Eifersucht und Liebe, die einseitig vergangen ist, manchmal auch beidseitig, aber der Drang zur Lebensauslöschung kommt meistens einseitig, sagt Toni, wenn das Gespräch auf Morde zwischen noch oder ehemals Liebenden kommt. Morde zwischen noch oder ehemals Liebenden passieren am häufigsten, die findet Toni uninteressant. Vergleichbar uninteressant wie Gänseblümchen als Salat oder Kürbiskerne, die noch nicht zu Öl gepresst worden sind. Nur einer der Liebesmorde hat es Toni angetan, er erzählt ihn immer wieder und wartet die Reaktionen ab. Am liebsten sind Toni Menschen, die über die Geschichte lachen. Es gibt auch welche, die betroffen sind, das ist Toni unangenehm, weil er nicht weiß, was er sagen soll, und weil er selbst gelacht hat. Da war ein Mann, sagt Toni, wenn er die Geschichte erzählt, dreiundneunzig Jahre alt und ein ganzes Leben lang verheiratet. Bis es ihm zu viel wurde, weil das Leben so langweilig war. Immer fernsehen, tagaus, tagein nichts Neues, immer dieselben Gespräche, sagte der Mann und schnitt seiner Frau die Kehle durch. Dann nahm er den Schnitzelklopfer und versuchte, sich damit zu töten. Er hörte auf, weil es weh tat.

Als Toni der neuen Kellnerin die Geschichte erzählte, lachte sie. Toni freute sich und beschloss, die neue Kellnerin zu mögen, auch wenn ihretwegen Frieda nicht mehr kam, die Toni eine Mutter gewesen war und ein bisschen mehr. Hatte sie doch, als er sich seinen weißen Schnurrbart stehen ließ, das Gulasch zum Tisch gebracht und gesagt: Schau dich an.

Toni kann seine Taxifahrten frei einteilen. Wenn er genug Geld zusammengespart hat, fliegt er nach New York, die Menschen, so freundlich, ganz anders als hier, sagt Toni, wenn er Fahrgästen von New York erzählt. In L.A. ist er auch schon gewesen, die Filmstudios schön, fein, aber gegen New York kommt nichts an. Das ist die Hauptstadt Amerikas, dort hast du alles, dort bist du wer, auch wenn du niemand bist, sagt Toni, wenn er im Gespräch mit den Fahrgästen so weit kommt, diesen Satz zu sagen. Was Toni lange Zeit an freien Tagen gemacht hat, an denen er noch nicht genug Geld für einen Flug nach New York gespart hatte, erzählt er den Fahrgästen nicht. Das erzählt er niemandem, außer den Menschen, denen er es nicht erzählen muss, weil sie ohnehin dort waren.

An Tagen, an denen das Geld für New York noch nicht reichte, Toni aber trotzdem nicht Taxi fuhr, ging Toni duschen. Er nahm extra viel Duschgel, er wollte gut riechen, unter den Achseln, auf den Füßen und auch sonst wo. Er rasierte sich, er kämmte sich, er verwendete After Shave. Er pfiff, wenn er sich im Gang die Schuhe band und hörte damit auf, wenn er die Wohnungstür hinter sich zu zog. Er ging Straßen entlang, eins, zwei, drei, vier und drehte sich nicht um, wenn er die Türe öffnete. Swing-Inn stand über der Eingangstür und Toni mochte das Ritterzimmer und manchmal auch das Prinzessinnenzimmer, an bestimmten Tagen, wenn er ein wenig sentimental war und sich nach Romantik sehnte. Toni kam immer allein, es gab auch viele Pärchen. Toni kam an jedem seiner freien Tage, bis da dieser Zeitungsartikel war, die Bilder querformatig und das lange Zitat der Swing-Inn-Inhaberin: Ich schätze und liebe meine Alten, aber ein Generationenwechsel ist wichtig. Mir ist das unangenehm. Es gibt einen älteren Mann, er ist zwar schlank, aber es hilft nichts. Toni sah das Bild des

Prinzessinnenzimmers, er sah ein Bild, das so rot war, dass die darauf abgebildeten Gestalten nur schemenhaft zu erkennen waren, er sah das Zitat, und er las den Absatz immer wieder. Er beschloss, dass er es sein könnte, der gemeint war, und er beschloss, nicht mehr in das Ritterzimmer zu gehen, nicht mehr in das Prinzessinnenzimmer und auch nicht in das Gynäkologenzimmer. Toni beschloss, das Swing-Inn nicht mehr zu betreten, nie mehr. Seither bleibt Toni an freien Tagen mehr Zeit. Mittags kocht er, frühabends sitzt er im Gasthaus. Was bleibt, ist die Zeit dazwischen, die Vormittage und Nachmittage zwischen den Mahlzeiten. Toni schaut aus dem Fenster, Toni liest Zeitung, auch den Kleinanzeigenteil.

Toni liest die Zeitungen ganz, auch heute. Er blättert ein paar Seiten nach hinten, Bild um Bild, Seite um Seite. Bei den Kontaktanzeigen stoppt er. Ich will nicht von dir träumen, sondern mit dir. Liebevolle Witwe, 54/1,65, immer noch gutaussehend, manchmal nachdenklich, manchmal unbeschwert, ohne Partner aber doch nur ein halber Mensch, sucht dich. Toni nimmt einen Kugelschreiber, macht einen Kreis um die Worte, wie er es früher bei den Gebrauchtwagen getan hat, als das Geld noch weniger war. Als er so lange Kreise um Autoanzeigen machte, bis eines wenig genug kostete, dass er es kaufen konnte. Der Kreis um die liebevolle

Witwe bleibt heute der einzige. Toni nimmt einen Zettel und er nimmt einen Stift, er hat ihn schon lange nicht mehr für einen Brief verwendet, meistens unterstreicht er damit die interessanten Sendungen im Fernsehprogramm. Toni zögert. Wie einem Menschen schreiben, dessen Namen ich nicht kenne, eine Witwe ist kein Fräulein und Frau keine Anrede, denkt er, liebevolle Witwe noch weniger. Werte Dame, ich weiß nicht, wie Sie heißen, aber ich weiß, dass Sie liebevoll sind. Ich heiße Toni, bin dreiundsechzig Jahre alt und trage Schnurrbart. Ich bin einseinundsiebzig groß, wie viel ich wiege, weiß ich nicht, ich habe keine Waage, aber ich sehe schlank aus. Ich fahre Taxi und ich liebe New York. Ich möchte nicht mehr alleine durch das Leben gehen. Vielleicht möchte ich mit Ihnen durch das Leben gehen, dazu müssten wir uns sehen, vielleicht möchten dann auch Sie mit mir durch das Leben gehen. Wir sollten uns treffen, ich bringe Ihnen eine Rose mit, vielleicht auch mein Herz. Bei Interesse schreiben Sie mir bitte zurück. Ihr Toni.

Toni legt den Stift zur Seite, er hat ein Gefühl bekommen, und das Gefühl lässt ihn in die Küche gehen, wo er ein Glas nimmt und es mit Milch füllt. Vielleicht möchte ich mit Ihnen durch das Leben gehen, sagt Toni und trinkt einen Schluck. Eine Frau sucht einen aus, nicht einer die Frau, sagte ein Fahrgast in einer Samstagnacht, nachdem Toni ihm erzählt hatte, dass die schönsten Frauen die mit den braunen Haaren seien. Toni erinnert sich an den Fahrgast und dessen Worte, er überlegt, den Satz mit dem Durchs-Leben-Gehen im Brief zu streichen, beschließt, dass es aber doch wichtig sei, mit der Frau durchs Leben gehen zu wollen und sich vorher darüber Gedanken zu machen. Allerdings, wenn sie liebevoll, nachdenklich und unbeschwert ist, wird das schon passen, denkt Toni und geht hinüber ins Wohnzimmer und hin zu dem Brief, den er in ein Kuvert steckt. Kurz überlegt er, einen Tropfen Aftershave auf das Papier zu geben, aber das erscheint ihm dann doch zu altmodisch. Er klebt eine Marke auf das Kuvert, er legt den Brief auf seine Schuhe, damit er ihn nachher, wenn die Schicht beginnt, mit zum Briefkasten nehmen wird. Die Schicht beginnt in drei Stunden, der Briefkasten ist drei Meter vom Taxistandplatz entfernt.

Toni trinkt sein Glas Milch leer, er stellt es ab und geht hinüber zum Sofa, wo er eine Weile sitzt. Er schaut auf die Wand und sieht liebevolle Witwen mit hellbraunen, blonden und dunkelbraunen Haaren. Er sieht sich neben jeder einzelnen Witwe sitzen, sie sitzen auf seinem Sofa und halten seine Hände. Eine sagt: Besser jetzt als nie, und die andere: Ich mag keine Kürbiskerne. Die dritte sagt lange nichts, dann: Sie brauchen nicht mehr zu warten, Sie brauchen die anderen Frauen nicht mehr anzusehen. Toni entscheidet sich für die zweite, er mag auch keine Kürbiskerne, nur Kürbiskernöl. Die anderen beiden verschwinden. Toni und die liebevolle braunhaarige Witwe halten sich an den Händen, auf dem Sofa, im Taxi, im Wald, bis die drei Stunden vorüber sind. Dann beginnt Tonis Schicht, er nimmt den Brief und wirft ihn in den Briefkasten neben dem Taxistand. Kurz überlegt er, den Brief zur Post zu bringen, weil ihm das sicherer erscheint, lässt es dann aber sein, weil es doch zu viel Aufwand wäre. In den nächsten Tagen wird Toni dreimal täglich die Post kontrollieren und warten, dass ihm die Frau, die keine Kürbiskerne, dafür aber Toni mag, zurückschreibt. Lieber Herr Toni, wird ihr Brief beginnen. Das Papier wird weiß sein und das Kuvert auch.

Lieber Herr Toni, beginnt ihr Brief, vielen Dank für Ihr Interesse. Ich würde gern mehr über Sie erfahren. Toni riecht an dem Briefpapier, es riecht ein bisschen nach Rauch, aber das könnte auch von seiner Wohnung kommen. Er liest den Brief langsam und immer wieder, die Schrift neigt sich leicht nach links. Toni erinnert sich an ein Buch, das in seiner Schrankwand im Wohnzimmer steht, das Handbuch der Handschriften, gleich neben dem Lexikon der Öle. Toni legt den Brief zur Seite, holt das Handbuch und sieht nach. Wenn die Handschrift überwiegend nach links geneigt ist, wird das als Selbstbezogenheit und Selbstbeherrschung interpretiert, liest er.

Toni setzt sich, den Brief in der einen, das Buch in der anderen Hand, und vergleicht Schriften. Selbstbezogen und selbstbeherrscht, eindeutig, sagt Toni und schaut auf die Wand. Er sieht die liebevolle Witwe mit ihren braunen Haaren an einem Kürbisfeld entlanggehen. Es ist Herbst, Toni und sie kennen sich zu diesem Zeitpunkt schon einige Monate, orange Kürbiskugeln liegen auf dem Feld, groß und doch noch nicht geerntet, der Boden ist braun. Toni, ich muss dir etwas sagen, sagt sie, und lässt Tonis Hand dabei nicht los. Sie schluckt, und Toni schluckt, aber leise, sodass sie ihm nichts anmerkt. Dann sagt sie, ich mag Kürbiskerne, sehr sogar, so sehr, dass ich sage, dass ich keine Kürbiskerne mag, Kürbiskerne immer umgehe, weil ich sonst so viele essen würde, dass es aus wäre mit mir. Toni gesteht ihr daraufhin, dass auch er nicht prinzipiell etwas gegen den Kürbis hat, nur gegen seine Kerne, wenn diese noch ganz und noch nicht zu Öl gepresst worden sind. Sagt ihr, dass er Kürbiskernöl äußerst gerne mag, dass Kürbiskernöl äußerst gut mit Löwenzahnblättern harmoniert. Sie drückt daraufhin seine Hand, sie küssen sich, und einmal öffnet Toni dabei kurz die Augen und schaut zu den Kürbissen hinüber. Die liegen an ihren Plätzen, unbeweglich und schwer. Was danach kommt, sieht Toni nicht mehr. Er geht ins Vorzimmer, den Brief hält er in der Hand, er steckt ihn im Gehen zurück in das Kuvert. Selbstbezogen und selbstbeherrscht, nicht schlecht, sagt Toni. Er wird der Witwe auf blauem Briefpapier antworten.

KAFFEE MIT SCHNURRBART

Und dann kommt der Wind. Ein Stoß, und die Blätter beginnen zu rauschen, Blüten fliegen durch die Luft. Herta hält sich an der Terrassentür fest. Der Lavendel ist im Vorjahr gestorben, nach zwei heißen Augusttagen ohne Wasser. Herta lässt ihn stehen. Und Karl, Karl hat Herta stehen lassen. Bauchspeicheldrüsenkrebs, hat der Arzt gesagt und Karl dabei nicht in die Augen gesehen. Und Karl, Karl hat Herta in die Augen gesehen. Karl hat gesagt: Wegen einem Krebs werde ich nicht gehen. Wenn die mich begraben wollen, müssen sie mich vorher umbringen. Der Bauchspeicheldrüsenkrebs brauchte ein Jahr, einen Monat und drei Tage dazu. Herta holte Karls Nadelstreifanzug aus dem Kasten. Sie entschied sich für das Hemd, das ihr klassisch erschien, das auch Jahre später noch aktuell sein würde. Bei der Unterwäsche zögerte sie. Und auch bei den Socken. Schuhe seien verboten, war ihr beim Bestattungsinstitut gesagt worden. Herta legte ein schwarzes Paar Socken in den Plastiksack, nackte Füße im Sarg kamen ihr seltsam vor. Karl war nicht gern barfuß gewesen. Man kann doch nicht barfuß gehen, sagte Herta und ging mit dem Plastiksack in der Hand zur Türe hinaus.

Herta faltet den Zettel, auf den sie den Satz in Großbuchstaben geschrieben hat. Sie erkennen mich an meinem weißen Schnurrbart, hatte der Mann geschrieben.

Sie erkennen mich an meinem weißen Schnurrbart. Und was, wenn da mehrere Männer mit weißen Schnurrbärten sind, denkt Herta und steckt den Zettel in die Hosentasche. Wie wird sein Schnurrbart sein, wenn ich ihn daran erkenne. Wird es ein echter Schnurrbart sein. Wird er buschig sein, struppig, wird er die Lippen verdecken. Herta schaut zu Karls Totenbild im Herrgottswinkel. Karl trug keinen Bart; es hatte lange gedauert, bis er seine ersten Barthaare bekam, und dann rasierte er sie ab, wie er sich auch rasiert hatte, als er noch keine Barthaare gehabt hatte, um den Eindruck zu erwecken, er hätte welche, möchte diese aber nicht. Herta beißt auf ihre Unterlippe. Du musst mich verstehen, Karl, sagt sie und geht hinüber ins Bad.

Herta hat Schminke gekauft, Mascara, Eyeliner, Puder, sie packt sie in ihre Handtasche. Herta wird die Schminke erst in der Stadt auftragen. Du bist heute aber hübsch. Hübsch, hübsch, würde Herr Moser sagen, würde er sie geschminkt zum Postbus gehen sehen. Frau Rockenschaub würde nur freundlich grüßen und zu reden beginnen, nachdem Herta in den Bus gestiegen wäre. Was macht die Herta geschminkt in der Stadt, wieso schminkt die sich für einen Arztbesuch in der Stadt, kaum ist der Karl unter der Erde, fährt die schon geschminkt in die Stadt.

Herta drückt ihre Handtasche gegen den Bauch, als sie die Haustür hinter sich schließt. Der Postbus fährt nur alle zwei Stunden, sie muss pünktlich sein. Herr Moser nickt Herta zu, als sie an seiner Fleischerei vorübergeht. Herta nickt zurück und beeilt sich, davonzukommen, ohne mit Herrn Moser sprechen zu müssen. Herr Moser trägt Bart, der mittlerweile auch schon weiß geworden ist. Der Bart ist üppig, an einigen Stellen gelb. Herta greift sich an die Stelle über ihren Lippen, macht sich einen Fingerbart. Ich würde ihn kämmen, würde ihn waschen, mit Shampoo, nicht mit Seife, damit er nicht struppig wird, ich würde ihn waschen und dann kämmen, ich würde seinen Bart waschen und kämmen und dann. Karl hat sein Gesicht mit Seife gewaschen, hat seine Haare mit Seife gewaschen, hat seinen Körper mit Seife gewaschen. Karl roch nach Seife, wie die Wäsche im Kleiderschrank, zwischen die er Seife legte. Seife war das einzige Reinigungsmittel, zu dem Karl einen Bezug hatte. Shampoo, Duschgel, Reinigungsmilch, Geschirrspülmittel, Fensterputzmittel, Bodenputzmittel, Scheuermilch waren für Herta bestimmt. Herta nähte ein Stück Seife in Karls Anzug, bevor sie ihn zum Bestattungsinstitut brachte. Hirschtalgseife, die war Karl am liebsten.

Du musst mich verstehen, Karl. Herta spricht die Worte leise, als sie in den Postbus steigt. Karl hatte darauf bestanden, dass sie Mitglieder beim Alpenverein wurden. Herta und Karl gingen auf keine Berge, aber sie bekamen mit dem Alpenvereinsmitgliedsausweis Ermäßigung auf Postbusfahrten. Sie waren nicht oft in die Stadt gefahren, und wenn, dann nicht mit dem Auto. Der städtische Verkehr mit seinen Ampeln, Einbahnsystemen und Autobahnen stellte für Karl eine Bedrohung dar. Er klebte sich den Spruch Kauf im Ort auf sein Auto und nutzte es lediglich für Fahrten, die nicht weiter als fünfundzwanzig Kilometer von zu Hause entfernt waren. Herta wusste, dass Karl zuhause blieb, weil er nur Zuhause mochte. Dass er wollte, dass auch Herta zuhause blieb. Herta blieb und schrieb: Ich möchte reisen, ich möchte raus, ich möchte, ich. Ich will in die Stadt, ich will die Straßen dort auf und ab gehen und in fremde Gesichter sehen. Ich möchte die Wahl haben, ich möchte Auswahl, ich möchte in Lokale gehen, ich möchte nicht jeden Namen wissen, nicht die Geschichten zu den Gesichtern kennen, die ich sehe. Nicht die Stimmen hören, die hinter vorgehaltenen Händen nur langsam hervorkommen. Ich will eine Straße, eine weite, wo es so laut ist, dass ich kein Wort verstehe. Ich will nicht mehr ja sagen, ich will eine Unbekannte sein, ein leeres Gesicht. Ich will mich vorstellen müssen, ich will mich nicht verstellen, ich will gehen, ohne dass ich weiß, wohin, und wenn die Wiesen mit Beton gepflastert sind.

Herta stoppte nach dem letzten Satz, sie mochte ihn nicht, sie hatte einen Punkt erreicht, an dem sie nicht mehr weiterdenken wollte. Sie steckte den Zettel in ein Kuvert und legte ihn im Schrank unter die Putzmittel. Karl würde ihn dort nicht finden, da war sie sicher. Karl fand ihn sein Leben lang nicht, er suchte auch nicht danach. Der Zettel bekam blaue Flecken, als das Fensterputzmittel zu tropfen begann; immer mehr, bis die Schrift unleserlich wurde von Putzmittelflecken.

Der Postbus fährt fünfundfünfzig Minuten. In den Ortschaften steigen Menschen zu; je weiter sich der Bus von Hertas Ort entfernt, desto mehr Gesichter tauchen auf, die Herta nicht kennt. Die Frauen tragen andere Frisuren als in Hertas Ort, wo es nur eine Haarschneiderin gibt, die Frauen über vierzig die Haare kurz und fransig schneidet. Ein wenig Farbe hinein, meistens rot, damit Sie ein bisschen frecher aussehen, sagt die Haarschneiderin zu ihren Kundinnen über vierzig. Herta trägt ihr Haar schulterlang. Sie schneidet es selbst, hat es immer schon selbst geschnitten. Die Haarschneiderin ist ihr unangenehm, Herta möchte nicht frech aussehen, nicht steil, nicht peppig. Herta möchte schön sein.

Herta sieht Häuser, Gärten, Menschen und noch mehr unbekannte Menschen. In sieben Ortschaften bleibt der Bus stehen, bis er in die Stadt einfährt. Dort wird

Herta aussteigen, den Busfahrer grüßen. Der Busfahrer ist der Sohn einer früheren Arbeitskollegin; Herta wundert sich, wie groß er, wie alt er geworden ist. Wie die Zeit vergeht, sagt sie jedes Mal, wenn sie in seinen Bus steigt und ganz vorne Platz nimmt. Dort sieht sie mehr.

In der Stadt steigt Herta aus, grüßt den Busfahrer, der bald außer Sichtweite ist. Herta mustert die Männer, die an ihr vorübergehen. Schnurrbärte tragen wenige in diesen Zeiten, weiße Schnurrbärte noch weniger. Viele haben Stoppeln im Gesicht, wirklich glatt sind nur einige, und wenn, dann wirkt die Haut rauer als in Hertas Gesicht. Es ist kurz nach drei, es ist noch Zeit. Eine halbe Stunde zu früh betritt Herta das Kaffeehaus, wo der Mann auf sie warten wird. Es ist Juni. Karl ist im Jänner gestorben; die Erde war so hart, dass Herta den Totengräbern den doppelten Lohn zahlen musste. Die Blumen auf den Gestecken verwelkten nicht, sie gefroren und blieben gefroren, bis es wärmer wurde. Dann tauten sie auf und wurden braun.

Und wenn, sagt Herta und bestellt Kaffee. Er schmeckt anders als zu Hause, er schmeckt nach Kaffeehauskaffee. Herta schaut Menschen beim Sprechen zu, einige hört sie Wörter sagen, andere sieht sie nur die Lippen bewegen. Sie trinkt das Wasser, das sie zum Kaffee bekommen hat, und überlegt, wie sich ihr Mund verhält, wenn sie spricht. Rot wird er sein, mein Mund, wenn mich der Mann mit dem Schnurrbart ansieht. Wenn ich die Lippen bewege und sage, hallo. Meine Zähne wird er sehen, und Toni wird er heißen, und er wird sehen, dass es noch die echten sind. Dass ich meine Zähne immer gut geputzt habe, wird er sehen. Er wird meinem Lachen folgen, und wäre es ein Film, würde die Zeit unter der Lupe betrachtet werden. Ja, wird er sagen, und sein weißer Schnurrbart wird sich heben, wenn er lacht. Wir werden lachen und sprechen, und irgendwann wird Toni sagen: Und wenn.

Herta besucht Karls Grab jeden Mittwoch, dann bleibt sie stehen und schaut auf den Erdhaufen hinab. Karls Grab ist noch frisch, es hat keinen Grabstein, nur ein Holzkreuz mit einer schwarz lackierten Messingplatte, darauf Karls Name. Die Erde braucht Zeit, um zu sinken, hat der Mann von der Friedhofsverwaltung Herta an einem Mittwochmorgen erklärt. Erst wenn die Erde gesunken ist, ist sie stabil genug für einen Grabstein, das dauert mindestens drei Monate, und der Grabstein hat einige Monate Lieferzeit, hat der Mann gesagt. Drei Monate sind vergangen, aber Herta kann sich für keinen Grabstein entscheiden. Die Leute reden schon, sagte Hertas Freundin Christa nach vier Monaten, und Herta sagte, das wird schon.

Herta besucht Karls Grab jeden Mittwoch, dann zündet sie eine Kerze an. Sie möchte nicht öfter kommen, sie möchte nicht werden wie die alten Frauen mit ihren braunen, blauen oder grauen Stofftaschen, in denen sie Werkzeug, Lichter und Zünder transportieren, manchmal auch Blumen. Herta möchte ihr Leben nicht auf dem Friedhof verbringen, sie möchte hier niemanden kennen, obwohl sie die meisten ohnehin kennt. Sie kennt die Frau, die die Friedhofshasen mit Karotten füttert, sie kennt die Frau mit der großen Brille und die mit dem krummen Rücken, die mit Blumen gemusterte Kleider trägt. Es sind viele Frauen und nur wenige Männer, die ihre Einkaufstaschen an den Gräbern vorübertragen. Meistens hat es die Frauen erwischt, oder die Männer, je nach Standpunkt, denkt Herta, als sie am Kaffeehaustisch sitzt. Frauen bleiben, Männer gehen, aber das kann doch nicht stimmen, denkt Herta und überlegt, welche verwitweten Männer sie kennt, kommt dann aber doch wieder auf die Frauen.

Die einzige Frau, mit der Herta auf dem Friedhof jemals länger gesprochen hat, ist von auswärts, sie besucht das Grab ihrer Freundin und kommt ebenfalls immer am Mittwoch. Das ist kein Hund, das ist eine Hündin, erklärte ihr die damals noch unbekannte Frau, als Herta sie fragte, ob ihr der Hund gehöre. Es war ein Anfängerinnenfehler, denkt Herta und nimmt einen Schluck

Kaffee, goldbraun. Einmal Gesprächspartnerin, immer Gesprächspartnerin, denkt Herta. Herta weiß seither, dass die Frau mit der Hündin aus der Stadt kommt, dass ihre Freundin Lotte hieß und Rumtopfabende mochte. Dass es einen Mann gab, der vor der Hündin lebte, dass die Hündin kam, als der Mann gegangen war. Herta hat ihre Besuche auf einen späteren Zeitpunkt verschoben, damit sie der Frau nicht mehr begegnet, damit sie nicht von Karl erzählen, damit sie keine Leben und Tode und Männer vergleichen muss, aber die Frau und die Hündin bleiben lange. Sie schauen aufs Grab wie die anderen Frauen, nur dass die Frau aus der Stadt ihre Hände nicht faltet, sondern vor ihrem Bauch verschränkt, auch an warmen Tagen.

Ein Mann mit weißem Schnurrbart sitzt am Nebentisch, als Herta von ihrer Kaffeetasse aufblickt. Weißer Schnurrbart, eine rote Rose neben sich. Herta sieht ihn an. Sein Bart ist gepflegt, reinweiß, buschig liegt er über der Oberlippe. Herta legt die Stirn in Falten. Der Mann mit dem weißen Schnurrbart beachtet Herta nicht. Er sieht zum Kaffeehauseingang, mustert die Frauen, die zur Tür hereinkommen. Er trinkt Kaffee mit Milch, aber ohne Zucker. Herta wertet das als gutes Zeichen. An Zucker geht die Welt zugrund, sagt ihre Freundin Christa, wenn Herta sie fragt, ob sie Zucker in ihren Kaffee möchte. Herta fragt jedes Mal und wartet die Antwort ab. Der Mann rührt einmal nach rechts, zweimal nach links, nachdem er die Milch in die Tasse gegossen hat. Er rührt langsam, verschüttet nichts und lässt dabei die Tür nicht aus den Augen. Er ist zehn Minuten zu früh.

Herta könnte an den Nebentisch wechseln, sie könnte den Mann mit dem weißen Schnauzer grüßen und ihm zur Begrüßung die Hand fest drücken. Mein Name ist Herta, Sie brauchen nicht mehr zu warten. Sie brauchen nicht mehr die Frauen ansehen, die zur Tür hereinkommen. Ich bin vor zwanzig Minuten gekommen, ich habe Kaffee getrunken und auch ein Wasser. Der Frühling macht die Bäume grün und die Erde weich. Sie haben weiche Hände und einen weißen Bart. Ich werde mir noch einen Kaffee bestellen. Ich trinke Kaffee ohne Zucker, wie Sie, das ist gut, so vermeidet man viele Kalorien. Trinkt man drei Tassen Kaffee am Tag mit jeweils drei Löffeln Zucker, ist das fast ein Schnapsglas voll Zucker. Gut, dass wir das anders machen. Besser ein Glas voll Schnaps als ein Glas voll Zucker.

Herta bleibt am Nebentisch sitzen. Sie sieht dem Mann mit dem weißen Schnurrbart zu, wie er wartet. Sie sieht die Zeit vergehen und die Veränderung, die mit dem Mann geschieht. Sie sieht hoffnungsvolle Augen zu enttäuschten werden, und sie verschwindet hinter einer

Zeitung, wenn der Mann in ihre Richtung blickt. Nach fünfundvierzig Minuten beendet er sein Warten und verlässt das Kaffeehaus. Die Rose lässt er liegen. Herta wechselt den Tisch. Vor ihr eine Rose, daneben ein weißes Haar. Sie nimmt es und legt es auf ihre Hand. Sie lächelt. Und wenn, hätte er gesagt und danach geschwiegen und mich freundlich angesehen. Und wenn, Fräulein Herta. Er hätte nach After Shave gerochen, er hätte mir seine Hand gereicht. Gemeinsam wären wir auf die Straße, auf Wiesen gegangen, die Felder und Wege und das Leben entlang. Er hätte sich mit Duschgel gewaschen und sein Bart, sein Bart hätte ein bisschen gekratzt.

KAVKAS BUTTERBROTE

Die Hündin vergräbt ihr Butterbrot im Garten. Die Schnauze braun, spart sie auf bessere Zeiten. In zehn Jahren wäre der Garten mit Butterbroten gepflastert, würden die Brote nicht so schnell verrotten. Die Hündin weiß das nicht. Hermine wiederum weiß es, sagt es aber der Hündin nicht. Sagt nur Kavka, Kavka und wieder Kavka, bis die Hündin von ihrem Butterbrotvergrabungsauftrag zurückkehrt.

Hermine und Kavka leben im dritten Stockwerk eines Mehrparteienwohnhauses. Jeden Morgen lässt Hermine Kavka in den begrünten Innenhof. Kavka lässt Hermine erst Zeitung lesen, wenn sie ihr Stück Frühstücksbutterbrot bekommen hat. Dann muss Hermine Kavka die Wohnungstür öffnen. Kavka läuft hinunter bis zur Tür, die in den Hof hinaus führt, und wartet dort, dass Hermine in ihren Pantoffeln aus dem dritten Stock herunterkommt. Hermines Pantoffeln sind mit lila Samt bezogen, sie muss langsam gehen, mit Pantoffeln geht es sich nicht schnell, und Treppen sind gefährlich. Wenn Hermine im Erdgeschoss ankommt und der Hündin die Türe öffnet, verschwindet Kavka für eine Weile. Sie treibt sich in den Büschen herum. Hermine wartet einstweilen, um nicht hinauf- und dann wieder hinuntergehen zu müssen. Manchmal kratzt sie dabei mit dem Fingernagel an der Wand, dort ist eine kleine Kerbe, aber Hermine war das nicht.

Dass Kavka den begrünten Hof als Butterbrotvergrabungsstelle nutzen darf, liegt an den Jahren. Die Jahre haben Hermine zur ältesten Hausbewohnerin gemacht. Als niemand mehr widersprechen konnte, sagte sie, das hätten die Hündinnen schon immer gedurft. Sie band Kavka zu besonderen Anlässen eine rote Schleife um den Hals und ließ sie Pfote geben. Besondere Anlässe waren der eigene Geburtstag, der Todestag des Mannes und Kindergeburtstage. Mittlerweile trägt Kavka lila, die besonderen Anlässe wurden um den Todestag der gemeinsamen Freundin Lotte erweitert, die Kavka Knacker gab und Hermine Trost. Lotte konnte Apfelstrudel backen wie keine andere, und im Sommer trug sie einen Badeanzug, auf dem viele Blumen waren. Einen türkisen hatte sie auch, aber der war nur zum Arbeiten. Lotte wohnte in einem Haus, und ein Haus macht viel Arbeit, sagte Lotte, ein Garten noch mehr. Ich möchte um alles Geld der Welt kein Haus geschenkt bekommen, sagte Lotte, wenn sie im Garten das Unkraut ausriss. Lotte blieb in dem Haus mit Garten, Lotte hatte einen Dirndlstrauch. Die Früchte des Dirndlstrauchs sind reif, wenn sie zu Boden fallen, sagte Lotte, vorher ernte ich sie nicht. Lotte mochte Dirndlschnaps und kochte Dirndlmarmelade, weil sie keinen Schnaps brennen konnte. Manchmal tauschte sie mit dem Nachbarn, Schnaps gegen Marmelade, vier Gläser Dirndlmarmelade gegen eine

Flasche Dirndlschnaps. Der Nachbar schrieb Kornellkirsche auf seine Dirndlschnapsflaschen. Damit die Deutschen nicht immer fragen, was das ist, sagte er. Lotte nickte, obwohl sie sich wunderte. Es kommen doch nie deutsche Urlauber in unsere Gegend, sagte sie, als sie Hermine von dem Vorfall erzählte. Irgendwann wird es unsere Wörter nicht mehr geben, sagte Lotte auch. Vier Gläser Dirndlmarmelade gegen eine Flasche Kornellkirschenbrand. Der Schnaps reichte länger.

Hermine und Kavka besuchen Lotte immer mittwochs. Lotte liegt bei ihren Eltern auf dem Land, und Hermine fährt auch an Wintertagen zum Grab. Sie bringt Lotte Nelken, weiß, manchmal auch rot, und bleibt dann lange. Lottes Haus wurde verkauft, Lotte hatte keine Kinder, aber sie hatte Geschwister. Der Dirndlstrauch wurde gefällt und durch einen Bambusstrauch ersetzt. Die Geschwister leben noch, sie bringen Rosen, rot, rosa und gelb, die sie in die Vase neben dem Grabstein stellen. Es gibt zwei Vasen, eine für Lottes Geschwister, eine zweite für Hermine. Lotte mochte keine Rosen, sagte Hermine an einem Frühlingsmorgen, an dem sie ihre weißen Nelken neben gelbe Rosen stellte. Die Frau am Nachbargrab schaute kurz auf. Das Nachbargrab ist ein Erdhügel, die Umrandung fehlt. Wie ein Maulwurfshaufen, sagte Hermine zu der Frau am Nachbargrab, und die

Frau tat, als ob sie Hermine nicht höre, als ob die Worte an Kavka gerichtet wären. Mein Fräulein, wenn der Mann stirbt, kommt zuerst ein Maulwurfshügel. Mit der Zeit, wenn die Tage vergehen, wird alles ebener, sagte Hermine und trat näher an die Frau heran. Die Frau nickte.

Kavka ist von ihrem morgendlichen Butterbrotvergrabungsauftrag zurückgekehrt. Gemeinsam gehen Hermine und Kavka die Stufen zur Wohnung hinauf. Hermine weiß nicht, wie viele es sind, sie hat sie schon oft gezählt und die Zahl danach wieder vergessen. Was Hermine weiß, ist, dass der Kaffee in der Wohnung einstweilen durch die Kaffeemaschine geflossen sein wird und die Zeitung auf dem Küchentisch liegen wird, so wie Hermine sie zurückgelassen hat. Weil Hermine seit fünfzig Jahren Abonnentin ist, hat sie vor kurzem eine Einkaufstasche geschenkt bekommen, auf der der Name der Zeitung steht. Hermine liest die Zeitung von hinten nach vorne, sie braucht dazu nicht lange, oft schaut sie nur die Bilder an. Kavka liegt einstweilen neben ihr. Wenn Hermine aufhört, die Zeitung anzuschauen, blickt Kavka ihre Leine an, blickt Hermine an, bis Hermine die Leine vom Fensterbrett nimmt und sagt: Gehen wir.

Hermine und Kavka gehen Stufe für Stufe die Treppen hinunter, treten hinaus, und gehen die Straße entlang. Hermine und Kavka haben schwarze Haare, die da und dort von grauen Strähnen durchzogen werden. Bei Hermine mehr, bei Kavka weniger, aber Hündinnen haben ohnehin weniger mit grauen Haaren zu kämpfen als Menschen es tun. Nur am Bart ist Kavka im vergangenen Jahr grau geworden. Hermine schneidet Kavkas Bart dann und wann, wenn er zu lang und für eine Hündin unschicklich wird. Würde Hermine jetzt jemanden treffen, würde sie ihn grüßen, sie würde dazu mit dem Kopf nicken, und wäre es Herr Höller, den sie träfe, würde sie stehen bleiben und mit ihm sprechen.

– Wie geht es den Damen, würde Herr Höller fragen.

– Man darf sich nicht beschweren, würde Hermine sagen.

– Na dann, das ist die Hauptsache. Wo geht es hin?, würde Herr Höller fragen.

– Zur Straßenbahn, würde Hermine sagen.

– Na dann, würde Herr Höller sagen und mit seiner Hand über Kavkas Kopf streichen.

– Alles Gute, wir müssen weiter, würde Hermine darauf sagen und Kavka einen bösen Blick zuwerfen, ehe sie Herrn Höller den Rücken zuwenden und weitergehen würde. Hermine würde sich ärgern über Herrn Höller, den sie vor dreißig Jahren hinter einer Ribiselstaude geküsst hat, was aber beidseitig dementiert wurde, und was die Jahre vergessen haben lassen. Hermine mag es nicht, wenn Herr Höller Kavka berührt. Kavka ist das egal.

Herr Höller wohnt im gegenüberliegenden Haus, er steht oft am Fenster und beobachtet die Umgebung. Seine Arme stützt er dabei auf einen braunen Polster, der auf dem Fensterbrett liegt. An der Hausmauer hat Herr Höller einen Seitenspiegel montiert, damit versucht er, sein Blickfeld zu erweitern. Hermine ärgert das. Sie möchte nicht beobachtet werden, nicht beim Apfelstrudelbacken, nicht beim Kreuzworträtsellösen und auch sonst nicht. Hermine zieht deshalb die Vorhänge zu, was sie ebenso ärgert, weil es in der Wohnung dunkler wird und sie die Sonne nicht mehr spürt.

Hermine hat Herrn Höller heute nicht getroffen; sie sieht eine Dohle, die am Kopf einer toten Taube pickt, und lächelt. Hermine liebt Dohlen, und Kavka ist nach den Vögeln benannt. Kafka wie der Schriftsteller, wurde Hermine von der Nachbarin drei Häuser weiter gefragt. Nein, Kavka wie die Dohle, sagte Hermine. Die Nachbarin schüttelte den Kopf und sagte, welche Sprache soll das sein. Hermine antwortete nicht, sie ging weiter. Das wird ein guter Tag, denkt Hermine, als sie die Tauben essende Dohle hinter sich gelassen hat, und steigt nach Kavka in die Straßenbahn, nicht in die gewohnte, sondern eine andere. Heute werden sie Tomatenstauden kaufen, die Hermine in Kübeln auf ihrem Balkon zieht. Gegenüber sitzt ein Mann, er hält eine Pflanze auf dem Schoß, sie zittert, als die Straßenbahn rumpelt.

– Was ist denn das für eine Pflanze, fragt Hermine.

– Basilikum, sagt der Mann.

– Basilikum, sagt Hermine und dann:

– Wächst das wieder nach?

Der Mann streicht über die Pflanze und sagt:

– Es wird den heutigen Abend nicht überleben. Es kommt in eine Pasta, danach ist es tot.

Hermine wendet sich ab. Menschen, die Pflanzen nur für einen Tag kaufen, sind ihr nicht geheuer. Hätte ich es nicht schon vorher bemerken müssen, wie er die Pflanze gequetscht hat, ehe er sie auf den Schoß genommen hat, denkt Hermine und schaut weg von der Basilikumpflanze. Das könnte man doch umtopfen, das bekommt doch sicher wieder Blätter, das wächst doch wieder nach, denkt Hermine und krault Kavka hinter den Ohren.

Hermine gibt Kavka ein Zeichen, und sie steigen aus. Hermine muss schnell sein, die Tomatenpflanzen sind im Sonderangebot und werden bald ausverkauft sein, aber ihre Hüfte lässt es nicht zu, dass sie so schnell geht, wie sie möchte. Hermines Großmutter hatte Rheuma, an manchen Tagen mehr, an anderen Tagen weniger. An den anderen Tagen legte sie Katzenfelle gegen die Schmerzen auf. Als Hermine ihre Großmutter fragte, woher die Katzenfelle kämen, sagte die Großmutter, von den Himmelskatzen. Die Himmelskatzen sitzen im Katzenhimmel und schnurren, wenn der Himmelvater sie streichelt. Die Himmelskatzen haben uns ihre Felle gelassen, damit die Schmerzen weniger werden. Die Großmutter hatte die Felle einer dreifärbigen und einer getigerten Katze. Sie waren rauer als die der lebenden Katzen, die Hermine im Hof streichelte, ins Haus durften die Hofkatzen nicht, das durften nur die Himmelskatzen. Die Himmelskatzen lagen in Großmutters Schrank ganz unten. Hermine streichelte sie, wenn sie traurig war. Sie hießen Minkerl und Pimperl, wie die meisten Katzen im Hof.

Strauchtomaten, Balkontomaten, Bauerntomaten, Stabtomaten. Hermine und Kavka stehen in der Tomatenabteilung des Gartenmarkts. Hermine nimmt die Strauchtomaten, wiegt sie in ihrer linken Hand, während sie in der rechten dasselbe mit den Balkontomaten macht. Nimm zwei, zahl eins, steht auf dem Schild neben den Pflänzchen. Das Schild ist gelb, und die Schrift ist schwarz. Hermine findet die Strauchtomaten schöner, hat aber Angst, dass sie das Leben auf dem Balkon nicht überstehen werden, weil sie nicht Balkontomaten heißen. Aber sollte man nicht manchmal auch etwas riskieren, sollte man nicht ab und zu etwas wagen, denkt Hermine und sieht Kavka an: Was meinst du? Kavka schnüffelt an der Balkontomate. Das kann Zufall gewesen sein, das muss nichts heißen, denkt Hermine und holt ein Bauerntomatenpflänzchen aus dem Regal. Sie stellt Bauerntomaten, Strauchtomaten und Balkontomaten in einer Reihe auf, blickt von Pflänzchen zu Pflänzchen. Ob er ihr helfen könne, fragt ein Mann, er hat den Namen des Gartenmarkts auf dem Pullover stehen. Hermine schüttelt den Kopf. Manche Entscheidungen sollten dem Herzen überlassen werden.

Hermine und Kavka verlassen den Gartenmarkt mit einer hundgewollten Balkontomaten-, zwei Strauchtomaten- und einer Kirschtomatenpflanze. Zu viele Pflanzen für den kleinen Mehrparteienwohnhausbalkon, aber Hermine hat einen anderen Ort gefunden. Hermann Seitz liebte Tomaten und er liebte Hermine. Irgendwann hatten sie sich die Hände gegeben, um gemeinsam ihr Leben zu verbringen. Bis Hermann Hermine alleine ließ. Hermine steht unter Hermanns Namen auf dem Grabstein. Hermine, darunter das Geburtsdatum, daneben ein Bindestrich. Hermann starb am 21. Mai 1990 während eines Arztbesuches. Dass Hermann während eines

Arztbesuches starb, dass Hermann von seinem Arztbesuch nicht zurückkam und Hermine im Kaffeehaus auf ihn wartete, sich ärgerte, dass er sie vergessen hatte, steht nicht auf dem Grabstein.

Der Friedhof ist nicht weit vom Gartenmarkt entfernt. Hermine geht um das Grab herum und schimpft auf die Amseln. Hermine wünscht sich ein Friedhofsverbot für Amseln. Sie führt Krieg gegen die drei Amseln vom Grab, die sich Hermanns Ruhestätte als Treffpunkt ausgesucht haben. Es sind drei Amselmänner mit orangen Schnäbeln, die sie zum Grabblumenzupfen verwenden. Die Amseln hüpfen auf Hermanns Ruhestätte auf und ab, bis Hermine und Kavka kommen. Dann fliegen sie weg. Für Kavka ist das immer ein kleiner Triumph.

Kavka schüttelt sich und nimmt ihren Platz neben dem Grabstein ein, wo sie abwartet, dass Hermine die Arbeit am Grab beendet. Mit schief gelegtem Kopf verfolgt sie, wie Hermine ein Loch an der gegenüberliegenden Ecke gräbt, die Strauchtomatenpflanze aus der Tasche nimmt und den Wurzelstock in die Erde steckt. Die Blätter zittern dabei. Hermine steht der Hündin gegenüber und betrachtet die Pflanze. Sie stellt die Kirschtomate daneben und zieht das Tomatenpflänzchen aus seinem Plastikübertopf. Hermine lockert die Wurzelballen. Sie mag den Gedanken, dass sie Tomaten essen wird, die auf Hermann gewachsen sind. Dass ich darauf nicht früher gekommen bin, denkt Hermine und kniet nieder, um den weißen Kies neben dem Grab von schwarzen Kieselsteinen zu befreien. Lotte kommt ihr in den Sinn. Lotte, die Kavka Knacker gab und Hermine Trost; Lotte, die sagte: Wenn die schwarzen Steine Gold wären, wären wir schon reich. Das war einer der Sätze, die Lotte oft sagte. Lotte, die Tomaten nicht mochte, dafür aber Karotten. Lotte, die morgens immer nur Butterbrote aß und Herrn Popelic zum Lachen brachte. Mal sehen, wer als erste draufgeht, sagte Lotte zu Hermine an einem Abend, an dem sie sehr viele Früchte aus dem Rumtopf gegessen hatten. Sie hatten über ihre Kindheit gesprochen, wie sie wetteten, wer zuerst über einen Meter fünfzig groß sein werde. Hermine stand bei einem Meter achtundvierzig, als Lotte das Ziel erreichte, und ein Jahr nachher würde Lotte sagen, mal sehen, wer als erste dem Loidl Sepp das Herz bricht. Mal sehen, wer als erste draufgeht, hatte Lotte an dem Rumtopfabend zu Hermine gesagt und es eine Woche später, unter einem Lastwagen, geschafft.

Hermine steckt ihre Hand in die Erde, so tief, dass ihre Finger im Grab verschwinden. Kavka setzt sich neben sie und legt den Kopf schief, schaut auf Hermines Hand und dann auf das Loch, das bleibt, als Hermine ihre Hand aus dem Grab herauszieht. Es wäre ein gutes Butterbrotloch.

VERGISSMEINNICHT

Franz Xaver Aumüllers Leben begann an einem Dienstagmorgen. Dass er an einem Dienstagmorgen geboren wurde, war insofern von Vorteil, weil sein Großvater seit Montagmorgen in Pension war. Für den Großvater war die Geburt seines Enkels von Vorteil, weil er schon Montagmittag nicht wusste, wohin mit der Zeit. Für Franz Xaver Aumüller war die Geburt am zweiten Tag der Pension seines Großvaters Johann Aumüller von Vorteil, weil er einen Großvater erlebte, der vorhanden war, selbst an Tagen, an denen der Radiosprecher das Wort Frühverkehr sagte. Johann Aumüller legte mit der Geburt von Franz Xaver Aumüller an einem Dienstagmorgen seinen Namen ab; er wurde für einen Menschen der Großvater und blieb es sein Leben lang.

Franz Xaver Aumüller stellt das Basilikum auf den Küchentisch, er schaut auf die Uhr. Beate und Tobias werden in drei Stunden kommen, es ist noch Zeit. Franz geht hinüber ins Arbeitszimmer. Er streckt sich, er gähnt. Ich bin auch jedes Mal so müde, hat Franz eine Siebenjährige auf seinem Nachhauseweg sagen gehört. Das Mädchen hat sein Rad an ihm vorübergeschoben, während Franz gegähnt hat. Das Mädchen hat zu Boden geblickt, Franz weiß nicht, ob ihn das Mädchen gesehen hat, ob er mit dem Satz gemeint war, oder ob es Zufall war. Franz steht im Arbeitszimmer, er sieht die Fotos auf einem

Haufen liegen, er hat sie gestern alle aus der Schachtel genommen, um ihnen eine neue Ordnung zu geben. Er hat sich gefreut, den Bildern eine Ordnung zu geben, er hat sich dazu gestern Abend in das Arbeitszimmer gesetzt und die Tür versperrt. Franz hat Foto für Foto auf den Boden gelegt, um es dann dem jeweiligen Stapel zuzuordnen. Es ist schnell gegangen, Franz hatte sich vorgenommen, an keinem Bild hängen zu bleiben, weil es sonst Jahre dauern würde, bis alles seine Ordnung hat. Es ist schnell gegangen, bis das Bild des Großvaters kam.

Was wäre, wenn ihr euch nicht kennengelernt hättet, hat Franz Xaver Aumüller gefragt, als er sieben Jahre alt war. Gäbe es mich dann, hat Franz Xaver Aumüller gefragt, als seine Mutter und sein Vater um den Griller im Garten standen. Es war ein Sommertag, der Tisch war im Schatten gedeckt. Franz erinnert sich nicht an die Antwort der Eltern. Er erinnert sich an das rote Tischtuch, an die Klammern, die am Tisch befestigt wurden, damit das Tischtuch blieb, wo es war. Franz erinnert sich an den Großvater, der sagte, der liebe Gott hat dich gebracht, anders hätte es nicht kommen können, nachdem Franz ihn gefragt hatte, was gewesen wäre, hätte sein Vater die Cousine, oder die Nachbarin, oder die Lehrerin geheiratet. Franz antwortete: Ich bin klein, mein Herz ist rein, soll niemand drin wohnen, als du, mein liebes Jesulein. Er sagte es, als er im Vorzimmer neben dem Telefon stand, an diesem Sommertag, während die Eltern im Garten um den Griller standen. Dass in seinem Herzen niemand wohnen solle außer Jesus, sagte Franz öfter, es war ein schnelles Gebet, und das Jesulein gefiel ihm. Franz Xaver Aumüller saß an Sonntagen neben dem Großvater auf der Kirchenbank, er verstand nicht, was der Pfarrer predigte, und er sang lieber die neue Fassung des Vaterunser als die alte. Das liebste Kirchenlied war Franz Xaver Aumüller das Großer-Gott-wir-loben-dich. Wie du warst vor aller Zeit, so bleibst du in Ewigkeit. Die liebste Farbe war Franz das Gelb, das liebste Tier das Meerschweinchen und das liebste Gebet das Gegrüßet-seist-du-Maria. Du bist gebenedeit unter den Frauen, und gebenedeit ist die Frucht deines Leibes, Jesus. Franz Xaver Aumüller betete bis in sein dreizehntes Lebensjahr. Dann ließ er den Großvater allein zur Kirche gehen. Was das Wort gebenedeit bedeutet, weiß Franz bis heute nicht. Der Großvater sagte nichts, als Franz beschloss, ein Leben ohne Gott zu führen. Der Großvater kam an Sonntagen um zwölf Uhr aus der Kirche, dann aßen sie gemeinsam zu Mittag, im Sommer im Garten, im Winter im Esszimmer. Zu Ostern brachte der Großvater aus der Kirche Lebensmittel mit, die dort geweiht worden waren. Wenn der Großvater seine Tasche in der Küche der Eltern abstellte, sagte er, da ist das

Geweihte. Die Familie aß geweihten Schinken und geweihte Eier. Bis zu seinem dreizehnten Lebensjahr hatte Franz Xaver Aumüller Respekt vor dem geweihten Essen. Es schmeckte anders.

Franz sitzt im Arbeitszimmer. Franz arbeitet nie im Arbeitszimmer, es ist ein Raum, in den alles hineingeworfen wird, was nicht herumliegen soll, die Tür geschlossen, damit es ordentlich aussieht, wenn Besuch kommt. Franz arbeitet nie im Arbeitszimmer, er sitzt selten im Arbeitszimmer, aber jetzt sitzt er im Arbeitszimmer auf dem Boden, den Fotohaufen vor sich. Vor ihm liegen Szenen der vergangenen siebzig Jahre. Menschen, deren Namen Franz vergessen hat, Menschen, die Franz nie kannte. Nimm die Bilder mit, hat seine Mutter vergangene Woche gesagt. Franz hat die Bilder genommen, hat sie vom Haus seiner Eltern in sein Haus gefahren, hat sie im Arbeitszimmer abgestellt, hat sie aus dem Karton genommen, um ihnen eine Ordnung zu geben. Um sie zu beschriften, damit nicht vergessen wird, was heute noch nahe erscheint. Franz wollte dazu Stapel machen: einen Familienstapel, einen Freundesstapel, einen Urlaubsstapel, einen Stapel der besonderen Anlässe. Dann entschied er sich um. Er versuchte, Jahresstapel zu bilden; er entschied sich für Dekadenstapel, weil die Jahreszahlen manchmal ungewiss waren. Neunzehnhundertsiebzig bis neunzehnhundertachtzig: Franz mit großen Augen und dicken Backen; ein Blumenstrauß auf dem Küchentisch; eine Geburtstagstorte mit drei Kerzen; eine Geburtstagstorte mit vier Kerzen; ein Vater auf einer Autorücksitzbank. Neunzehnhundertsechzig bis neunzehnhundertsiebzig: Der Vater als Bräutigam, die Mutter als Braut; Blumen auf einem Wohnzimmertisch; Kaffeetassen in Händen. Neunzehnhundertfünfzig bis neunzehnhundertsechzig: Badende Menschen an einem See; die Mutter mit Katze auf dem Schoß; Blumen im Beet. Neunzehnhundertvierzig bis neunzehnhundertfünfzig: Sieben Frauen auf einer Wiese, eine mit geschlossenen Augen; eine junge Großmutter im Fotostudio, die Mundwinkel zu einem Lächeln gehoben, aber die Zähne von den Lippen verdeckt; ein Großvater in Wehrmachtsuniform. Wie du warst vor aller Zeit, so bleibst du in Ewigkeit, wenn diese Stelle im Großer-Gott-wir-loben-dich kam, sang der Großvater lauter und auch Franz Xaver Aumüller, es war seine Lieblingsstelle, er stand neben dem Großvater, und dass es einmal anders kommen könnte, daran dachte er nicht.

Der Großvater war im Jahr neunzehnhunderteinundvierzig weit davon entfernt, der Großvater zu sein. Er war nicht Großvater, nicht Vater, nicht Gatte. Er hatte glatte Haut und einen Blick, in die Ferne gerichtet.

Franz will Ordnung halten, die Bilder in Fotoalben kleben, beschriften. Alles hat seinen Platz, sagte der Großvater, wenn er in der Werkstatt einen Hammer dorthin zurücklegte, wo er immer lag. Franz liest die Schrift auf der Rückseite des Bildes, das seinen Großvater zeigt. Er liest die Sätze, es sind zwei, er kann sie auswendig.

Franz sitzt auf dem Boden des Arbeitszimmers, er schaut vom Bilderhaufen zum Regal, das höher erscheint als sonst, er schaut vom Regal zum Großvaterfoto. Der Großvater hatte ein Fass an Geschichten mit sich getragen, sie wiederholten sich in den Jahren, und am Schluss erzählte Franz Xaver Aumüller dem Großvater Geschichten aus dessen Leben. Die Geschichte vom kalten Bach, der immer kalt war, in dem sie schwammen, aber nur kurz; die Geschichte von den Vögeln, die zwischen den Fensterscheiben wohnten; die Geschichte vom Speck, mit dem sie sich einrieben, um den Frauen zu glänzen; die Geschichte von der Großmutter, die den Pfarrer aus Versehen erschreckte und den Äpfeln, die früher anders schmeckten. Die Geschichte von einem jungen Großvater in Wehrmachtsuniform, von einem Mädchen in Frankreich, von einem Bild, das er diesem Mädchen gewidmet hatte, war nicht dabei.

Würde jeder Tag eine Geschichte mit sich bringen, hätte der Großvater einunddreißigtausend Geschichten in sich gehabt. Franz weiß, dass das Wehrmachtspferd seines Großvaters Fuchs hieß, weil sein Fell die Farbe eines Fuchses hatte. Es hatte eine Blesse auf seinem Kopf, und der Kopf, er war groß, oder war das nur die Perspektive, denkt Franz. Dieses Bild habe ich einer französischen Freundin 1941 gewidmet, die es mir wegen angeblicher Untreue wieder zurückgab, hat der Großvater auf die Rückseite des Fotos geschrieben, mit blauem Stift, gleich unter der Widmung.

Franz steht auf, er geht, zuerst langsam, weil die Beine vom Sitzen auf dem Boden schmerzen, dann immer schneller. In der Küche zupft er dem Basilikum ein Blatt ab, er isst es. Bis zum Abend ist noch Zeit, und Franz kühlt Bier ein, Bier und Weißwein, er möchte erzählen, er möchte Fragen stellen, er möchte, dass es Abend wird. Was ist, würde Beate sagen, wenn sie Tobias zu Bett gebracht hätten; was ist mit dir. Ich habe Schlaf in den Augen, würde Franz sagen und warten, dass Beate noch einmal fragt. Es gibt Filme, die sind wie das Leben, und Leben, die anders sind als im Film. Wie kommst du darauf, würde Beate fragen, oder sie würde nicken und das Thema wechseln. Es gibt Filme, die sind wie das Leben, würde Franz sagen, und Leben, die anders sind als im Film. Es gibt Geschichten, die Menschen erzählen, es gibt Geschichten, die in den Menschen bleiben. Wie du warst vor aller Zeit, so bleibst du in Ewigkeit. Großvater trug die Wehrmachtsuniform, er schaute nicht in die Kamera. Er schaute an der Kamera vorbei, er schaute nach rechts, und unter seinen Augen waren kleine Falten zu sehen. Großvater hatte volle Lippen und die Haare waren nach hinten gekämmt, würde Franz sagen, ich weiß nicht, welches Braun sie hatten. Paris ist eine schöne Stadt, die Stadt der Liebe, erinnerst du dich, würde Franz sagen und Beate ansehen. Großvater war in Biarritz gewesen. Großvater pflückte keine Blumen. Du sagst, du liebst die Blumen, aber du pflückst sie, sagte der Großvater, wenn ich ein Gänseblümchen ausriss. Er erzählte nicht von der Wehrmacht, er sagte: im Krieg.

Franz dreht den Wasserhahn auf, er dreht ihn zu. Wenn er als Kind Eis aß, hatte er Eis im ganzen Gesicht, das Foto dazu liegt auf dem Stapel neunzehnhundertsiebzig bis neunzehnhundertachtzig. Im Spülbecken liegt ein Schwamm, Franz nimmt ihn heraus, damit er trocken bleibt. Der Großvater verwendete schwarze Tinte und blauen Kugelschreiber. Dieses Bild habe ich einer französischen Freundin 1941 gewidmet, die es mir wegen angeblicher Untreue wieder zurückgab. Biarritz 1941, schrieb der Großvater mit blauem Kugelschreiber. Er verschrieb sich bei dem Wort zurückgab. Darüber hatte er zuvor geschrieben, mit Tinte, schwarz: Für mein Mädchen; Ein Strauß Vergissmeinnicht, gäbe es welche. Es gibt nur dich und mich und ein Feld ohne Blumen. Der Großvater hatte blaue Augen. Er konnte Mundharmonika spielen und er mochte Erfrischungstücher.

SESSEL UND SÄTZE

Eine braune Ledercouch, darauf der Mann, darunter der Lurch. Der Lurch ist ein Schmutzgebinde aus Staub, Flusen und Haaren. Der Lurch ist eine Wollmaus. Weil die Sessel immer nie weggeräumt werden, habe ich viel zu tun, sagt der Mann. Weil die Sessel immer nie weggeräumt werden, könnte ich mich ärgern. Weil die Sessel aber immer nie weggeräumt werden, habe ich Arbeit. Es ist besser, eine Arbeit zu haben, als keine. Weil, was würde ich machen, wenn ich keine Arbeit hätte. Ich würde zu Hause sitzen, das ist nichts, das Zu-Hause-Sitzen, wenn man keine Arbeit hat, was macht man da. Es ist besser, zu arbeiten, auch wenn mir nicht mehr Geld bleibt, als wenn ich nicht arbeiten würde.

Der Mann nimmt die linke Hand von seinem Bauch, legt sie auf den Hinterkopf, bewegt den Daumen auf und ab. Ferdinand sieht, wie der Mann seinen linken Daumen auf und ab bewegt. Ferdinand sieht fern. Es ist nach zweiundzwanzig Uhr, Ferdinand bevorzugt ernste Sendungen, er schätzt den Ernst und blickt beim Fernsehen oft am Fernseher vorbei. Ist ein Loch in der Luft?, hat ihn ein Schüler einmal gefragt; nein, ein See, hat Ferdinand geantwortet.

Ferdinand sieht fern und schaut am Fernseher vorbei in die Luft, bis der Mann kommt, der von den Sesseln spricht, dann schaut Ferdinand nicht mehr in die Luft. Er sieht den Mann in einem Veranstaltungssaal

Sessel stapeln, und er hört ihn, auf einer Couch sitzend, sagen: Weil die Sessel immer nie weggeräumt werden, habe ich viel zu tun. Ferdinand sieht, wie der Mann an einem Kugelschreiber dreht, als er diesen Satz sagt, er schraubt ihn auf, und er schraubt ihn zu. Ferdinand hört den Mann sagen, es ist schwer, gute Arbeit zu finden. Es ist schwer, wenn da die Ausländer sind. Ich habe nichts gegen Ausländer, es gibt auch gute, aber die meisten haben keine Arbeitsmoral. Arbeiten für zwei Euro die Stunde und nehmen uns die Arbeitsplätze weg, die Türken sollen Deutsch sprechen und ihre Frauen nicht unterdrücken. Dann stapelt der Mann wieder Sessel. Ferdinand schaltet um. Ein Vater führt seine Tochter zum Traualtar und übergibt sie ihrem Mann. Sie dürfen die Braut jetzt küssen, sagt der Mann, der dem Brautpaar gegenübersteht, und dann küsst der Mann die Braut, und Kinder laufen durch das Bild, ehe sie die Kirche verlassen.

Ferdinand weiß, dass die Sessel nie weggeräumt werden. Ferdinand lässt den Fernseher laufen, geht in die Küche, holt sich ein Bier und kommt wieder zurück. In der Lade des Couchtisches liegen die Strohhalme, von denen Ferdinand einen nimmt und in das Bier steckt. Ferdinand mag nur die dünnen Strohhalme, und er mag es, wenn ein Strohhalm in der Bierflasche wieder auftreibt, nachdem er ihn hinuntergedrückt hat. Es sind Strohhalme aus Plastik, Strohhalme aus Stroh sind lange vorbei, so wie Milch in Glasflaschen und Stollwerk zum Einzeln-Kaufen. Ferdinand sind die gelben Strohhalme am liebsten. Ferdinand arbeitet mit Sesseln. Er räumt sie zur Seite, er stellt sie auf. Er stapelt sie. In seinem Haus gibt es viele Sessel, wie viele, das weiß er nicht.

Ferdinand ist seit dreiundzwanzig Jahren Schulwart, seit dreiundzwanzig Jahren lebt er mit seiner Familie in der Schulwartswohnung im Erdgeschoß. Seine Familie, das sind mittlerweile nur noch Ferdinand und seine Frau Margit, ihre Kinder haben die Schule verlassen und leben in eigenen Wohnungen mit eigenen Familien. Die Schule ist in den Jahren anders geworden, das sagen die Lehrer, und das sagt Ferdinand, die Schüler können dazu wenig sagen. Das Fach Leibesübungen heißt Bewegung und Sport, der Name Lena ist häufiger geworden, wie Özlem und Lukas, das Raucherzimmer der Schüler wurde abgeschafft, das Raucherzimmer der Lehrer wurde abgeschafft. Ferdinand und seine Frau Margit sind die einzigen, die in der Schule rauchen dürfen. Ferdinand sagt, immerhin sind wir die einzigen, die hier wohnen. Ich mehr, meine Frau weniger. Margit arbeitet außerhalb der Schule in einem Altenheim; an manchen Tagen hat sie frei, an anderen arbeitet sie die ganze Nacht. An vielen Tagen, wenn sie nach der Arbeit in die Schule kommt, ist Margit so müde, dass sie nicht lange wach bleibt. Sie schläft trotz der schreienden Kinder, die über die Gänge laufen und zum Teil schon keine Kinder mehr sind. Auch jetzt schläft Margit, jetzt, wo es ruhig ist und Ferdinand in das Loch neben dem Fernseher schaut.

Es ist schwer, wenn da die Ausländer sind, sagt der Mann aus dem Fernseher noch einmal, diesmal kommt seine Stimme aus Ferdinands Kopf. Ferdinand hört diesen Satz jeden Tag. Er hört ihn in der Schule, er hört ihn vor der Schule, auf der Straße. Wie schaffen Sie das, wird Ferdinand manchmal gefragt, wie halten Sie das aus, die sprechen auch in der Schule nicht Deutsch. Ferdinand schweigt, wenn diese Sätze kommen. Er schweigt und hebt die Schulten, um sie dann wieder zu senken. Es knackst ein wenig dabei, vor allem links. Die Innenministerin nimmt einen Anlauf zur Integration von Ausländern, hat Ferdinand heute Morgen in der Zeitung gelesen. Seine Frau hat die Zeitung aufgeschlagen auf dem Tisch liegen gelassen, heute wie auch sonst immer, sie frühstückt vor Ferdinand, und die Zeitung bleibt auf der Seite aufgeschlagen, die Margit zuletzt gelesen hat. Ferdinand liest immer nur die von Margit aufgeschlagen gelassene Seite, für mehr reicht die Zeit nicht. Die gemeinsam gelesene Seite ist der Anknüpfungspunkt ihrer abendlichen Gespräche. Es wurde ein nationaler Aktionsplan für Integration ausgearbeitet, hat Ferdinand heute gelesen, während er im ersten Kaffee des Tages rührte, und dann: Es soll gezielt bei Defiziten und Problemen aus der Vergangenheit angesetzt werden, damit sind vor allem mangelnde Deutschkenntnisse gemeint.

Ferdinand kam als Zehnjähriger in die Stadt. Er wohnte im Internat, er ging in die Schule und er wurde ausgelacht, weil er nicht die Butter, sondern der Butter sagte. Weil er Postauto statt Postbus sagte. Weil er sagte, ich bin mit der Post gekommen. Er verstand nicht, wieso die anderen lachten, er verstand nicht, als die anderen fragten, ob er in einem Paket oder einem Brief gekommen sei. Wo kommst du denn her, sagte seine Deutschlehrerin ein-, zwei-, dreimal. Ferdinand bekam ein Genügend in Deutsch, sein Deutsch war gerade ausreichend, und Ferdinand bemühte sich, die Butter zu sagen und die Marmelade und schämte sich, dass immer wieder neue Wörter auftauchten, die er von zu Hause anders mitbekommen hatte. Er begann ein Heft, in das er die Wörter richtig schrieb; er freute sich, als er die erste Fremdsprache lernte, weil auch die anderen die Sprache lernen mussten, weil er schneller lernte und ein Heft begann, in dem sich die beiden neuen Sprachen trafen.

Ferdinand beendete die Pflichtschule und kam wieder zurück zu den Eltern. Er wohnte bei seinen Eltern, er machte eine Tischlerlehre, und er wurde ausgelacht, wenn er die Butter statt der Butter oder die Marmelade statt das Marmelade oder Postbus statt Postauto sagte. Ferdinand wäre noch mehr ausgelacht worden, wäre sein Englischheft entdeckt worden, das er zu Hause unter seinem Kopfpolster versteckte. Ferdinand schrieb Wörter auf, die er im Radio hörte, Wörter, die er in Zeitschriften las; er schrieb sie auf und las sie immer wieder, und wenn er nicht zu Hause war, warteten sie auf ihn unter seinem Kopfpolster. So ein Blödsinn, wozu brauchst du das, bei uns spricht man Deutsch, hätte seine Mutter gesagt. Es gibt genug deutschsprachige Musik, da musst du kein Englisch lernen, da verstehst du nichts.

Ferdinand hat neun Hefte. Er hat neun Wörterbücher, er fragt die Schüler, woher sie kommen, wenn er sie zum ersten Mal sieht, und auch, wenn er vergessen hat, woher sie kommen. Ferdinand kennt einfache Redewendungen in neun Sprachen. Hallo. Guten Morgen. Bis bald. Schönes Wochenende. Wo sind deine Hausschuhe. Nicht laufen. Wie geht es dir. Was ist passiert. Er arbeitet an weiteren. Ferdinand muss die Hausschuhpflicht überwachen, das wurde ihm vom Direktor aufgetragen.

Ferdinand trägt keine Hausschuhe. Gehen Sie mit gutem Beispiel voran, sagte der Direktor und Ferdinand sagte, nein, ich bin alt genug, das selbst zu entscheiden. Ich arbeite hier, wenn ich Hausschuhe trage, werden meine Füße nass. Ferdinand fragt die Schüler lieber, woher sie kommen. Ich wurde abgelenkt, sagt er, wenn der Direktor auf jemanden mit Straßenschuhen zeigt. Ich wurde abgelenkt, sagt Ferdinand, mir wurden Grüße von meinen Eltern ausgerichtet. Der Direktor nickt dann und geht in seinen roten Hausschuhen den Gang entlang zum Konferenzzimmer. Dort sitzt er meistens. Ferdinand war schon in der Türkei, in Spanien und in Kroatien. In Bosnien-Herzegowina war er noch nicht, auch nicht in Albanien, dem Kosovo oder Tschetschenien. Ich lasse mich nicht umbringen, sagt Margit, wenn Ferdinand ihr vorschlägt, dorthin zu fahren. War doch nur ein Scherz, sagt Ferdinand dann. Fahren wir in die Türkei oder nach Griechenland, Meer ist Meer.

Wenn Ferdinand und Margit in die Türkei auf Urlaub fahren, werden sie am Flughafen abgeholt. Ein Mann steht dann dort und hält ein Schild hoch, auf dem Felber steht. Sie steigen in den Kleinbus; wie das riecht, ganz anders als bei uns, sagt Ferdinand dann meistens und atmet laut durch die Nase ein. Ferdinand und Margit fahren Straßen entlang, manchmal zieht eine

Stadt vorüber, meistens trockenes Land; bis zum Hotel dauert es eine Weile. Das Hotel hat grüne Wiesen, Palmen und Pools. Das Buffet ist international, an Dienstagen gibt es einen türkischen Schwerpunkt, aber die internationalen Speisen bleiben. Es gibt Beck's und Heineken und Menschen, die ihre Bierkrüge von zu Hause mitgebracht haben und sagen, sonst wird es warm, das Bier. Ferdinand und Margit frühstücken, liegen am Strand, essen zu Mittag, liegen am Strand, essen zu Abend, sitzen am Strand. Manchmal gehen sie auch ein Stück, aber der Strand vor dem nächsten Hotel ist schnell erreicht, und dort stehen Männer, die sie davon abhalten, weiterzugehen. Margit mag Wassermelonen. Einmal in der Woche ist Karaokeabend, zu Beginn sitzen die Urlauber in ihren Plastiksesseln, niemand möchte singen, dann steht einer auf, dann gehen immer mehr in Richtung Bühne, sie singen auf Deutsch und Englisch. Der Muezzin ist nicht zu hören.

Wenn Ferdinand arbeitet, geht er durch die Schule; er redet mit Schülern und Lehrern. Wenn Ferdinand arbeitet, sitzt er im Eingangsbereich der Schule hinter einer Glasscheibe in einem kleinen Raum. Ferdinand ist gut sichtbar. In seinem Büro sind viele Schlüssel, dort liegen auch die Wörterbücher. An der Wand gegenüber dem Büro hängen der Bürgermeister, der Landeshauptmann und der Bundespräsident, alles Männer; die Frauen hängen weniger bekleidet an anderen Orten; auf den Bildern sehen der Bürgermeister, der Landeshauptmann und der Bundespräsident jünger aus, als sie heute sind. Kreuze sind nur in den Klassenzimmern angebracht, meist sind es schlichte Holzkreuze, Jesus ist keiner darauf. Neun Wörterbücher liegen in Ferdinands Büro, sieben davon sind versteckt. Die Hefte mit den Wörtern können auf dem Tisch liegen bleiben, von außen ist ihnen nicht anzumerken, was darinsteht.

Sieben der neun Wörterbücher liegen wegen der Fragen im Schrank. Müssen Sie jetzt schon Türkisch lernen, sind wir so weit, sagte ein Vater. Albanisch, was machen Sie mit Albanisch, die sollen Deutsch lernen, eine Mutter. Ferdinand wurde der Erklärungen müde, wurde des Achselzuckens müde und räumte die Wörterbücher weg. Nicht alle, Englisch und Französisch blieben auf dem Tisch, für Englisch und Französisch bekommt Ferdinand anerkennende Blicke. Dass Sie sich in Ihrem Alter das noch antun, eine Sprache lernen, sagte der Paketzusteller und: Paris, Paris ist wunderbar, waren Sie schon dort, eine Mutter und: Paris, die Stadt der Liebe, ein Vater, der ebenfalls gerade zur Tür hereingekommen war.

Ferdinand war in Paris. Er bestellte in der Bäckerei ein Baguette und zwei Croissants und hatte ein gutes

Gefühl, als er ein Baguette und zwei Croissants bekam. Margit und Ferdinand waren beim Eiffelturm, hinauf gefahren sind sie nicht, weil Ferdinand der Eiffelturm zu hoch war. Dann der Montmartre; dann standen Margit und Ferdinand vor dem Moulin Rouge, hinein gingen sie nicht, aber ein Pärchen bat sie, ein Foto zu machen. Ferdinand sah die beiden zu einer Pose erstarren, als Margit sie fotografierte.

Französisch wird nicht nur in Frankreich gesprochen, sagte Ferdinand zu seinem Freund Hubert, als dieser ihm von Frankreich vorschwärmte, nachdem er Ferdinands Französisch-Wörterbuch gesehen hatte. Französisch sprechen sie auf der ganzen Welt, in Kamerun, Ruanda und sonst noch wo, sagte Ferdinand. Hubert schaute Ferdinand an und sagte, das sind keine guten Länder, ein schwarzer Arbeiter bleibt sein Leben lang ein Schwarzarbeiter, der wird kein Weißarbeiter mehr. Ferdinand nahm einen Schluck Bier und nickte. Ferdinand widerspricht solchen Sätzen nicht. Er hört sie, und er sieht sie im Raum stehen, bis sie wieder vergehen. Ferdinand versuchte, etwas gegen die Sätze zu sagen, bis die Blicke der anderen abweisend wurden, und er sagte: Scherz. Dann lachte er, und die anderen, sie lachten auch.

Ferdinand sitzt noch immer vor seinem Fernseher und schaut in das Loch in der Luft. Er hört den Mann sprechen und überlegt. Weil die Sätze immer nie weggeräumt werden, ist es, wie es ist, denkt Ferdinand und atmet ein, tief. Margit hat im vergangenen Jahr einen Yogakurs besucht, Ferdinand weiß, dass er bewusst bis zum Grund seines Bauches hinunter atmen muss. Ferdinand atmet bewusst ein und wieder aus, und ein und wieder aus, dann sagt er, weil die Sätze nie weggeräumt werden, ist es so, wie es ist. Er nimmt den Strohhalm aus dem Bier, steckt beide Enden in den Mund und kaut daran, sodass kleine Löcher im Plastik entstehen. Ferdinand steht kurz davor, einen Entschluss zu fassen. Weil die Sätze nie weggeräumt werden, sagt er noch einmal, diesmal etwas lauter. Er überlegt, Margit zu wecken. Margit, ich möchte nach Bosnien fahren, würde Ferdinand sagen. Baklava schmeckt besser als Gugelhupf, ich möchte nach Sarajewo, Mostar und Jajce. Medvjed heißt ours heißt ayı heißt Bär. Baklava ist süß, und Ćevapčići werden aus Rind- und Lammfleisch gemacht. Margit würde von Ferdinands Worten geweckt werden, Margit wäre müde und deshalb wütend, und darum beschließt Ferdinand, Margit nicht zu wecken, so lange sie noch zu wenig geschlafen hat. Ferdinand beschließt, stattdessen nachzusehen, ob die Haustüre versperrt ist. Sie ist es, und als Ferdinand zurückkommt, liegt der Strohhalm neben dem Bier, der Fernseher steht, wie er war, nur das Gefühl im Bauch ist weg. Es ist zur Brust gewandert und hat sich dort ausgedehnt; es ist ein unangenehmes Gefühl geworden. Also gut, sagt Ferdinand nach einer Weile, er sagt es laut. Er kann sprechen, ohne dass Margit ihn hört, zwei Räume liegen zwischen ihnen. Ferdinand beugt sich nach vorne, nimmt einen Zettel, der auf dem Couchtisch liegt. Er nimmt einen Stift und setzt ihn an.

Sätze wegräumen, schreibt Ferdinand obenauf. Weltfrieden, schreibt er an zweiter Stelle und überlegt kurz, ob der Weltfrieden nicht doch zu weit gegriffen sei. Ferdinand lässt den Weltfrieden stehen. Neben Sätze wegräumen und Weltfrieden schreibt Ferdinand erledigen. Er schreibt es in Großbuchstaben und steckt den Zettel in seine Hosentasche. Er fühlt sich besser, die Gefühle sind weg. Margit hat erzählt, Elsbeths Psychotherapeut habe gemeint, sie solle Gedanken, die sie negativ beschäftigen, auf einen Zettel schreiben, dann würde die Belastung nachlassen. Auf den Zettel, aus dem Kopf, soll der Psychotherapeut zu Elsbeth gesagt haben. Ferdinand nimmt den Zettel noch einmal aus der Hosentasche und faltet ihn schöner, sodass die Kanten aufeinander liegen. Ferdinands Tante hat ihm Himmel und Hölle gefaltet, aber das ist lange her.

PIRATENBILD

Wenn die Obstfliegen tot wären, wären sie nicht mehr da, vorausgesetzt, alle Obstfliegen wären tot, denkt Elsbeth. Und wären sie tot, was dann. Es sind zwei Obstfliegen, die in Elsbeths Wohnung im Mezzanin leben. Erschlägt Elsbeth eine der beiden, kommt eine neue nach. Elsbeth hat sich damit abgefunden. Sie hat sich mit den Obstfliegen abgefunden, wie sie sich mit dem Kahlwerden der Bäume im Herbst, den Kratzern im Wohnzimmerboden, wie sie sich mit dem Verlust der Uhr abgefunden hat. Elsbeth hat die Uhr geliebt. Sie hat die Zeiger geliebt, das Uhrband, schwarz, und das Zifferblatt, golden umrandet. Sie hat die Zeiger geliebt, wie sie von Sekunde zu Sekunde sprangen. Sie sagt: Es macht mir nichts mehr.

Elsbeth mag das Mangalitzaschwein. Sie kauft Teile davon, jeden Freitag am Bauernmarkt vor dem Pfarrhof. Wenn das Mangalitzaschwein ausverkauft ist, nimmt Elsbeth auch herkömmliches Bioschwein. Elsbeth isst nur Schweine, und diese nur bio. Bio, weil die Schweine weniger Stress in ihrem Leben hatten, sagt Elsbeth. Gestresste Schweine schütten vor ihrer Schlachtung Adrenalin aus, das Elsbeth aggressiv machen würde. Elsbeth möchte nicht aggressiv sein. Elsbeth möchte ein harmonievolles und friedvolles Leben führen und tief bis in den Bauch atmen. Loslassen, hat der Psychotherapeut gesagt. Schreiben Sie auf, was Sie belastet, dann ist es aus Ihrem Kopf. Elsbeth schreibt Zettel voll, sie steckt sie in den Ofen und zündet sie an. Elsbeth besitzt einen Tischherd, in dem sie auch Schweinsbraten zubereitet. Zum Beheizen des Tischherdes braucht sie viel Holz. Sie holt es nicht mehr aus dem Wald, sie kauft es im Baumarkt. Es ist bereits in fertige Scheite geschnitten. Uhr steht auf den Zetteln, Uhr, Uhr und manchmal auch Armbanduhr. Elsbeth legt Holz nach, als sie den letzten Zettel in den Tischherd steckt. Sie geht zum Kühlschrank, holt den Wollschweinspeck, legt ihn dann aber wieder zurück. Sie nimmt den Frühstücksspeck, sie wird ihn braten. Elsbeth mag gebratenen Speck. Sie mag ihn knusprig, sie mag es, wenn es kracht, wenn sie hineinbeißt.

Wir finden unsere Körpermitte, sagt die Frau, und wenig später atmet Elsbeth durch das eine Nasenloch ein und das andere aus. Sie bemüht sich, sanft zu atmen; ihre Nase ist verstopft, und Elsbeth möchte, dass das so bleibt. Elsbeth trägt Jogginghose und T-Shirt, auf dem T-Shirt steht Shanti. Shanti, Shanti, Shanti, singt Elsbeth zu Beginn jeder Yogastunde. Sie weiß nicht, was das bedeutet, sie möchte es auch nicht wissen. Elsbeth mag, dass es Wörter gibt, die keine Bedeutung haben, nur ein Gefühl auslösen. Die Yogastunden machen Elsbeth ruhiger. Sie kann dann zu Hause sitzen, ohne gleich wieder aufzustehen, sie trinkt Yogitee und schläft kurz darauf ein. In den Träumen hat Elsbeth keine Zettel, die sie beschreiben und ins Feuer stecken kann. Keine Methode, die Gedanken wegzuatmen. Die Gedanken bleiben. Yoga beugt Entzündungen vor, hat Elsbeth gelesen. Frauen, die regelmäßig Yoga praktizieren, würden weniger oft Entzündungen bekommen als solche, die kein Yoga praktizieren, stand in der Zeitschrift; amerikanische Wissenschaftler hatten es bestätigt. Die Träume sind ein Hund, hätte die Großtante gesagt. Die Großtante hatte keine Entzündung, sie hatte eine Brücke mit einem Fluss darunter, nicht weit von ihrem Haus entfernt.

Meine Lieben, alles hat ein Ende, nur die Wurst hat zwei, hat die Großtante geschrieben. Sie hat dazu einen Filzstift verwendet, rot war der und schon etwas ausgetrocknet. Meine Lieben, alles hat ein Ende, nur die Wurst hat zwei. Ich wurde als Mensch geboren. Was mir bleibt, ist ein Ende, mein Ende, das ich heute setzen werde. Seid mir nicht böse, ich will nicht mehr. Das Testament ist gemacht, nur eines noch: Elsbeth soll den Kristallaschenbecher bekommen, Leopold die Uhr. Ich hoffe, dass sie nicht beschädigt wird, wenn ich gehe. In Liebe und Dankbarkeit: Die Eure

Der Brief lag auf der Kommode im Vorzimmer, daneben das Testament, daneben ein neues Passfoto, auf dem die Großtante sich ein Auge zuhielt wie eine Piratin, daneben ein Zettel mit einem Pfeil zum Großtantenfoto. Für das Totenbild, stand darauf. Die Großtante muss etwas verwechselt haben, sie muss bereits Tabletten genommen haben, es ergibt keinen Sinn, dachte Elsbeth, als sie den Brief in der Hand hielt. Die Großtante wusste, dass Elsbeth Uhren und im speziellen die ihre liebte, und sie wusste, dass ihr jüngerer Bruder Leopold das Rauchen, in weiterer Folge auch Aschenbecher liebte. Elsbeth wusste jedoch, dass sich Leopold nicht so viel aus Aschenbechern machte, dass er die Uhr nicht genommen hätte, selbst wenn sie ihm nicht passen würde. Elsbeth wusste, dass es unsinnig war, Leopold eine Uhr zu geben. Sie dachte es, als sie in der Wohnung der Großtante am Küchentisch saß, den Kristallaschenbecher in Händen. Sei doch nicht so, sagte Elsbeths Mutter und Elsbeth blickte auf das Bild ihrer Großtante auf dem Küchentisch. Die Großtante lag in einem rot gepolsterten Sarg, Augen geschlossen und Hände gefaltet. Die Nachbarin hatte das Foto gebracht und auf den Küchentisch gestellt. Eine schöne Leiche, hatte sie gesagt, merkt man gar nichts. Doch, sagte Elsbeth zu ihrer Mutter und ließ den Kristallaschenbecher auf dem Küchentisch zurück. Die Nachbarin sammelte keine Totenbilder, sie sammelte

Fotos von Leichen im Sarg. Elsbeth wusste nicht, woher die Nachbarin die Bilder bekam. Was sie wusste, war, dass sich die Nachbarin grünen Samt in ihrem Sarg wünschte, auf keinen Fall roten. Elsbeth ging nach Hause und löschte Leopolds Nummer aus ihrem Mobiltelefon. Sie nahm einen schwarzen Filzstift und strich in ihrem Adressbuch seinen Namen durch, seine Adresse und seine Telefonnummer, so lange, bis alles zu einem schwarzen Fleck wurde. Den Geburtstag ließ sie stehen. Leopold hält sich nicht an Zeiten, Leopold steht auf, wenn es hell wird und schläft, wenn es dunkel ist, hatte Elsbeth zu ihrer Mutter gesagt, bevor diese gesagt hatte, sei doch nicht so. Elsbeth hatte auch gesagt, Leopold ist wie ein Tier. Leopold hat kein Zeitgefühl, er hat keine Arbeit, er richtet sich nicht nach den Menschen, er richtet sich nach seinem Hund. Sei doch nicht so, sagte Elsbeths Mutter daraufhin, und Elsbeth sagte, doch.

Mit dem Brief der Großtante starb Leopold. Elsbeth bekam eine neue Aufgabe in ihrem Leben, sie war fortan mit der Verarbeitung der Uhrengeschichte beschäftigt. Sie erzählte Margit davon, und sie erzählte es so oft, bis Margit irgendwann nur noch zu Boden blickte und sagte, ja. Fortan sagte Elsbeth, die Uhrengeschichte macht mir nichts mehr, und Margit sagte, gut. Dann sprachen sie über das Wetter. Das Wetter erlangte mit

Elsbeths Kündigung eine größere Bedeutung. Das Wetter ersetzte Geschichten. Wie Regen empfunden wurde, hing damit zusammen, wann er auftrat, in welcher Gemütslage er Elsbeth oder Margit traf. Elsbeth war gekündigt worden, weil jemand berechnet hatte, dass es in Elsbeths Firma zu viele Menschen wie Elsbeth gab, so wurde es Elsbeth erklärt, und Elsbeth räumte ihren Schreibtisch und schmiss die Zettel weg, die sich über die Jahre angesammelt hatten. Den Locher und eine Packung Heftklammern nahm sie mit nach Hause. Elsbeth sagte, es war wegen der Krise, und ihr Gegenüber nickte, wenn sie das Wort Krise sagte. Schrecklich, die Krise, sagten manche, andere nickten nur. Elsbeth kaufte sich am Tag ihrer Kündigung eine Armbanduhr. Sie kostete viel Geld und hatte keine Zeiger, die von Sekunde zu Sekunde sprangen, nur Zahlen, die wechselten. Margit sagte, wieso kaufst du dir eine Uhr. Margit sagte auch, dann iss doch kein Biofleisch, wenn Elsbeth erzählte, wie viel Arbeitslosengeld sie bekommen würde. Wenn Elsbeth spricht, schweigt Margit, und wenn Margit schweigt, spricht Elsbeth. Das machen sie so lange, bis Margits Mann Ferdinand kommt. Ferdinands Kommen bedeutet Elsbeths Gehen, das hat sich so eingespielt. Auch, dass Ferdinand sagt, bleib doch noch auf ein Bier, und Elsbeth abwinkt und sagt, ich muss los, das nächste Mal.

Die Armbanduhr ist eckig wie die großen Zahlen, die sich auf dem Display abwechseln. Sie ist schwarz, die Zahlen sind schwarz, der Hintergrund ist grün. Die Armbanduhr kann sprechen. Es ist fünfzehn Uhr fünfundfünfzig, sagt eine Männerstimme, wenn Elsbeth den Knopf an der linken Seite drückt. Die Armbanduhr sagt auch andere Zahlen.

Es ist dreizehn Uhr sieben, sagt die Männerstimme am Tag nach Elsbeths Yogastunde, als es an der Wohnungstür läutet. Elsbeth geht zur Tür und lässt eine Tasse Tee neben dem Bett stehen. Sie ist bis dreizehn Uhr sieben im Bett gelegen, das macht sie so, seit sie keine Arbeit mehr hat. Elsbeth ist das Liegen lieber als das Sitzen; sie hat gelesen, dass es gesünder sei. Nur zum Teekochen steht sie auf. Elsbeth hört einen Mann vor der Tür husten, sie erkennt den Briefträgerhusten und öffnet die Tür. Der Briefträger sagt nichts, er hält ihr nur ein Gerät hin, auf dem sie unterschreiben soll. Dann bekommt Elsbeth ein Paket, einen braunen Karton. Elsbeth geht zurück zum Bett. Sie legt das Paket auf die Decke und sich selbst darunter. Das Paket ist schwer; es ist, als würde jemand zweiter im Bett liegen.

Als Kinder teilten sich Leopold und Elsbeth ein Bett. Nicht, weil sie nur ein Bett hatten, aber zu zweit war es wärmer. Ihre Mutter erzählte Elsbeths Lieblingsgeschichte, die Geschichte vom Uhrmacher, der eine Dotterblume reparierte, und Elsbeth fragte sich, wie Dotterblumen schmeckten. Sie umarmte ihren kleinen Bruder und wunderte sich am nächsten Morgen, wie er in sein eigenes Bett gekommen war. Auch Leopold wusste es nicht. Sie nahmen sich vor, einander am nächsten Abend noch fester zu halten, damit Leopold nicht gehen konnte. Neben ihnen saß die Mutter, die Leopold in sein Bett hinüberhob, als beide tief atmeten. Elsbeth und Leopold erfuhren davon nie, sie ahnten es nur, als sie älter wurden.

Elsbeth liegt gern allein im Bett. Sie hat viele Polster, die sie stapelt, um höher zu liegen, wenn sie wach ist. Auf dem Paket stehen ihr Name und ihre Adresse, sie stehen auf einem selbstklebenden Adressetikett. Elsbeth zieht das Klebeband von dem Paket; sie öffnet es vorsichtig, wie ein Weihnachtsgeschenk. Elsbeth und Leopold haben gelernt, Weihnachtsgeschenke langsam und sorgfältig zu öffnen, damit das Papier im nächsten Jahr wieder verwendet werden kann. Das Weihnachtspapier wurde in der untersten Lade der Wohnzimmerkommode gelagert, es wurde auch für Geburtstage verwendet. Elsbeth öffnet das Paket, die Heizdecke ist rotgrün gemustert. Elsbeth ist sicher, eine einfärbige bestellt zu haben, lila, weil lila gut ist für das spirituelle Gleichgewicht. Elsbeth füllt den Retourenschein aus, klebt das Paket wieder zu. Sie muss die Wohnung verlassen.

Das Postamt ist drei Straßen entfernt. Elsbeth geht nicht gerne hinaus, vor allem nicht, wenn es regnet. Es regnet. Um zum Postamt zu gelangen, muss Elsbeth eine Straße überqueren. Sie muss nach links schauen und dann nach rechts, und wieder nach links, und dann schnell genug sein, um vor dem nächsten Auto über die Straße zu kommen. Der Mann hinter dem Schalter riecht nach Schweiß. Er riecht jedes Mal nach Schweiß, wenn Elsbeth kommt, um ein Paket zurückzugeben. Retour?, fragt er, und Elsbeth sagt, ja. Elsbeth verlässt die Post ohne Heizdecke, ohne Paket. Sie ist müde. Wege wie der zur Post sind anstrengend, die Welt geht Elsbeth dort zu schnell. Elsbeth sieht ein Gasthaus zwei Häuser weiter. Es liegt auf ihrer Straßenseite, es gibt kein Hindernis zu überwinden. Elsbeth bekommt Lust auf heiße Schokolade.

Eine heiße Schokolade mit Rum, sagt Elsbeth, nachdem sie im Gasthaus Platz genommen hat. Eine heiße Schokolade, mit Schlag oder Rum?, fragt die Kellnerin. Mit Rum, sagt Elsbeth. Es sind wenige Menschen im Gasthaus, die meisten davon sind Männer. Ich bin die einzige, die heiße Schokolade trinkt, denkt Elsbeth, aber sie sieht die Menschen im Nebenraum nicht. Dort sitzt einer im roten Pullover, und wenn er von seiner heißen Schokolade trinkt, bleibt ein wenig Schlagobers auf seiner Nase. Elsbeth sieht Blumen auf den Tischen stehen. Sie mag künstliche Blumen nicht. Tulpen oder Rosen?, sagt der Mann am Nebentisch. Geranien, antwortet Elsbeth. Sie denkt an den Wettbewerb der schönsten Balkonpflanzen. Ihre Mutter hat ihn im Vorjahr gewonnen. Elsbeth hat keinen Balkon, aber Blumenkästen auf ihren Fensterbrettern. Im Winter stellt sie die Geranien auf den Gang vor ihrer Wohnung. Sie stellt die Geranien schon früh dorthin, damit die Nachbarin nicht schneller ist und die guten Plätze auf den Fensterbrettern bekommt. Die Geranien sind rot, jedes Jahr und immer rot.

Elsbeth bezahlt, sie geht. Hinaus auf die Straße, hinein in den Lärm; der Rum hat sie ruhiger gemacht. Elsbeth steht an der Ampel; sie spürt eine Hand auf ihrer Schulter. Es überrascht sie nicht. Elsbeth ist ruhig und ausgeglichen und auf alles gefasst.

Elsbeth, du bist in dieser Straße, ich bin jetzt auch in dieser Straße, ich habe den Hund nicht mehr, ich bin weitergegangen. Ich gehe nach Hause, komm mit, ich muss dir etwas zeigen, komm mit. Elsbeth geht mit Leopold. Nicht, weil sie ihren Bruder sehen möchte, nicht, weil sie in seine Wohnung möchte. Sie hat Angst vor den Blicken der Menschen, wenn Leopold noch weiter sprechen würde, wenn er immer weiter versuchen würde, sie zu überzeugen und immer lauter werden, bis er sagen würde, Elsbeth, wieso kommst du nicht mit, ich bin dein Bruder.

Elsbeth geht mit Leopold. Es sind vier Straßen bis zu Leopolds Garconniere. Elsbeth und Leopold sprechen nicht; sie gehen nebeneinander und sehen aus, als kämen sie zufällig nebeneinander zu gehen, als würden sie einander nicht kennen. Erst in der Wohnung spricht Leopold. Er steckt eine Kassette in den Videorekorder. Schau, sagt Leopold. Elsbeth schaut. Elsbeth spricht nicht. Ich war im Fernsehen, schau dir das an. Elsbeth, ich lebe jetzt in der Zwischenzeit, und das hat mich berühmt gemacht. Die Uhr hat mich berühmt gemacht, Elsbeth, die Uhr und die Uhrenmafia. Ich wollte die Uhr nicht der Uhrenmafia opfern. Ich werde die Uhr nicht der Uhrenmafia opfern, schau her, Elsbeth, wie gut sie noch geht, nie hat sie etwas gehabt. Die Zwischenzeit ist für die Uhren besser, schau her, ich habe sie nie richten lassen müssen.

Elsbeth sieht ihren Bruder aus dem Fernseher sprechen, sie sieht ihren Bruder neben dem Fernseher sprechen, sie sieht die Wohnung und den Plastikbecher, ein Weltspartaggeschenk, sie hatte ihn weggeworfen. Elsbeth erinnert sich, Elsbeth sagt, ich muss, und atmet tief ein und steht auf. Leopold öffnet ihr die Tür. Komm bald wieder, sagt er und Elsbeth nickt.

Auf dem Nachhauseweg geht Elsbeth an einem Papierwarenladen vorbei. Sie kauft sich kleine quadratische Zettel. Weiß sollten sie sein, hat ihr der Psychotherapeut geraten. Elsbeth versucht, das Wort müssen zu umgehen. Ich muss nichts außer sterben, hatte die Großtante gesagt. Elsbeth sagt, ich sollte. Die Zettel sollten weiß sein, sagt Elsbeth zum Verkäufer, und sie bekommt weiße Zettel. Zu Hause nimmt Elsbeth einen schwarzen Stift. Sie schreibt: Mein Bruder ist ein Sozialschmarotzer. Sie steckt den Satz in den Tischherd. Sie schreibt: Mein Bruder hat mir die Uhr gestohlen, und steckt den Satz in den Tischherd. Mein Bruder ist verrückt. Mein Bruder hat die Zeit kaputt gemacht. Mein Bruder ist verrückt. Elsbeth verbrennt fünf Bruder-Sätze. Mein Bruder, steht auf dem sechsten Zettel, mehr nicht.

mitter | verlag

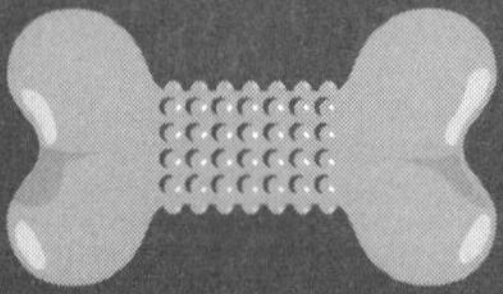